Copilotes

Catalogage avant publication de Bibliothèque et Archives nationales du Québec et Bibliothèque et Archives Canada
Titre: Copilotes / Sophie Laurin.
Noms: Laurin, Sophie, auteur.
Identifiants: Canadiana (livre imprimé) 20230057241 | Canadiana (livre numérique) 2023005725X | ISBN 9782898510014 | ISBN 9782898510021 (PDF) | ISBN 9782898510038 (EPUB)
Classification: LCC PS8623.A8293 C67 2023 | CDD C843/.6—dc23

Les Éditions Hurtubise bénéficient du soutien financier du gouvernement du Québec par l'entremise du programme de crédit d'impôt pour l'édition de livres et de la Société de développement des entreprises culturelles du Québec (SODEC). L'éditeur remercie également le Conseil des arts du Canada de l'aide accordée à son programme de publication.

Financé par le gouvernement du Canada | Canadä

Illustration de la couverture: Mathilde Corbeil
Conception graphique de la couverture: Sabrina Soto
Mise en pages: Andréa Joseph [pagexpress@icloud.com]

Copyright © 2023, Éditions Hurtubise inc.

ISBN: 978-2-89851-001-4 (version imprimée)
ISBN: 978-2-89851-002-1 (version PDF)
ISBN: 978-2-89851-003-8 (version ePub)

Dépôt légal: 3e trimestre 2023
Bibliothèque et Archives nationales du Québec
Bibliothèque et Archives Canada

Diffusion-distribution au Canada:
Distribution HMH
1815, avenue De Lorimier
Montréal (Québec) H2K 3W6
www.distributionhmh.com

Diffusion-distribution en Europe:
Librairie du Québec/DNM
30, rue Gay-Lussac
75005 Paris FRANCE
www.librairieduquebec.fr

 La *Loi sur le droit d'auteur* interdit la reproduction des œuvres sans autorisation des titulaires de droits. Or, la photocopie non autorisée — le « photocopillage » — s'est généralisée, provoquant une baisse des achats de livres, au point que la possibilité même pour les auteurs de créer des œuvres nouvelles et de les faire éditer par des professionnels est menacée. Nous rappelons donc que toute reproduction, partielle ou totale, par quelque procédé que ce soit, du présent ouvrage est interdite sans l'autorisation écrite de l'Éditeur.

Imprimé au Canada
www.editionshurtubise.com

SOPHIE LAURIN

Copilotes

Hurtubise

DE LA MÊME AUTEURE

En route vers nowhere, roman, Montréal, Hurtubise, 2020, collection «La Ruche», 2022.

Fausses routes, roman, Montréal, Éditions Hurtubise, 2021.

En route vers nowhere, roman, Montréal, Éditions Hurtubise, 2020.

À toutes les meilleures amies sans colliers best friends.

MARJORIE

Un sentiment d'éternité. Voilà ce que je ressens pendant que je fais le piquet sur le trottoir, avec sur les épaules mon sac à dos de voyage que j'utilise pour la toute première fois. À côté de moi, Sara et Sébastien y vont d'adieux qui n'en finissent plus. Leurs bouches ne se lâchent pas depuis que Jean-Philippe a immobilisé la voiture dans l'allée des départs à l'aéroport.

Je jette un œil à notre conducteur désigné, toujours assis derrière le volant. J'aimerais le voir aussi exaspéré que moi devant cette interminable démonstration publique d'affection. Malheureusement, c'est la fine couche de poussière qui recouvre le tableau de bord qui retient son attention. JP n'avait pas semblé si ébranlé quand il est passé nous chercher, Sara et moi, pour nous conduire à l'aéroport, sauf que ça s'est gâté quand la chanson *It Must Have Been Love* a commencé à jouer à la radio. L'opus de Roxette a fait office de cruel rappel : il m'avait avoué ses sentiments quelques heures plus tôt et je l'avais repoussé. Le tunnel avait brouillé les ondes, sauvant la mise pour quelques secondes, et quand on avait émergé de l'autre côté, il s'était dépêché de changer de poste, embarrassé.

En route, Sara et Sébastien avaient parlé de tout et de rien pour meubler les temps morts. Seb s'était d'ailleurs approprié la place de devant côté passager, sous prétexte que ses longues jambes avaient besoin d'espace – je le soupçonnais plutôt d'avoir voulu nous sauver d'un malaise. Sara y avait mis du sien aussi : sans que je le lui aie demandé, elle s'était assise derrière Seb pour que ce soit elle et non pas moi que JP verrait en tournant la tête vers son angle mort. Mais là, maintenant que leurs bouches sont occupées à autre chose, la gêne est palpable, même s'il est dans l'auto et moi sur le trottoir. Le sourire sincère doublé d'un regard soutenu que je lui adresse par-delà le pare-brise pour lui faire comprendre qu'il demeure pour moi l'ami qu'il a toujours été semble le troubler plus qu'autre chose. Pour couper court à l'embarras que j'ai moi-même créé, je descends les dernières gorgées d'eau de la bouteille que je devrai bientôt sacrifier pour passer la sécurité.

— Sara, va falloir y aller si on veut pas manquer notre vol.

Elle me signale d'un geste de la main qu'elle n'en a que pour une minute. Ça fait deux fois qu'elle me fait le coup. La pesanteur de mon backpack trahit la grande quantité de vêtements que j'ai apportée pour notre périple à Barcelone. Je songe à le déposer à côté de la valise en tissu rouge que Sara a empruntée à sa mère, juste comme le son strident d'un sifflet perce nos tympans, gracieuseté de l'employé chargé d'assurer la fluidité des déplacements au débarcadère, preuve qu'on s'éternise depuis un peu trop longtemps. Sara sursaute, ce qui l'amène à se détacher de Seb – pour de bon, cette fois. Avant qu'un de nos deux tourtereaux ne décide de remettre ça, je m'avance vers Sébastien pour l'étreindre. C'est le signal qu'attendait Jean-Philippe pour démarrer le moteur. Seb pose un dernier baiser sur le front de sa blonde avant de prendre place à bord de la voiture. Sara salue JP et, à mon tour, je me penche du mieux que je peux vers la fenêtre côté passager, tout en essayant de ne pas basculer vers l'avant à cause du mastodonte de courroies et de fermetures éclair que je traîne sur mon dos.

— Merci pour le lift, JP. C'est vraiment apprécié.

— Pas de trouble.

Même s'il n'a pas osé me regarder, au moins, il m'a adressé la parole. Je me tourne vers Sara pendant que l'auto des gars quitte le stationnement sous une pluie de coups de sifflet.

— Penses-tu qu'il me déteste ?

— C'est juste un gars en power trip avec un sifflet, Marje. Fais-toi-z-en pas avec ça !

— Hein ?

— Tu parlais pas de l'employé ?

— Non, je parlais de JP.

— Je trouvais ça bizarre comme question, aussi.

Sara plonge son bras dans son sac et tente de me rassurer pendant qu'elle fouille à l'aveugle.

— Il t'haït pas, JP. Il a juste besoin de temps pour s'en remettre. C'est arrivé quoi, y'a même pas cinq heures ?

— Ouais, vu de même...

— Quand on va revenir dans deux semaines, la poussière va être retombée pis vous allez pouvoir vous parler.

— Je sais que tu as raison, mais c'est plate pareil, ce malaise-là.

— Si tu veux mon avis, le processus de guérison sera pas trop long. Seb m'a dit que JP avait écouté *Fix You* de Coldplay tantôt, mais juste une couple de fois avant de changer de toune.

C'est sa chanson d'affliction par excellence quand il vient de se faire flusher par une fille. S'il est en peine d'amour solide, il peut l'écouter en boucle toute une journée – que ça n'ait duré qu'un bref moment serait donc plutôt bon signe. Je décide de faire confiance au flair de Sara, qui sort enfin de son sac un duo-tang à pochettes en poussant un soupir de soulagement. À l'intérieur sont rangés les papiers nécessaires pour un voyage réussi: passeport, confirmation d'achat de nos billets d'avion, réservation d'auberge de jeunesse, trajet MapQuest pour se rendre de l'aéroport à l'auberge et formulaires d'assurance voyage. Les informations les plus importantes sont mises en évidence au surligneur.

— T'es tellement organisée!

— Bah. Je cherchais surtout un prétexte pour utiliser mon surligneur bleu presque neuf. Comme je viens de finir l'école, je sais pas trop quand je vais pouvoir m'en resservir.

Je passe un bras autour des épaules de Sara. En tant que meilleure amie, je me dois de lui rappeler l'importance du moment qu'on est en train de vivre, et dont le surligneur bleu ne fait pas vraiment partie.

— Justement, on a fini nos bacs, Sara! Pis on s'apprête à faire un voyage épique!

Aussi libre que je puisse l'être avec mon sac attaché serré qui me crée de nouveaux bourrelets et qui compresse ma poitrine, j'effectue sur place une petite danse de la victoire qui, elle, n'a rien d'épique. Mes efforts convainquent malgré tout Sara de m'imiter.

— Faque on va-tu le prendre ce vol-là, Sara?

— Envoye donc!

On passe les portes tournantes avec la démarche de deux filles prêtes à partir à l'aventure. Or, l'aventure commence de façon assez raide au comptoir de la compagnie aérienne. L'employé chargé de nous assigner nos sièges nous cause une petite frayeur quand il nous dit qu'il se pourrait qu'on ne soit pas assises côte à côte pour finalement revenir sur sa décision. Au contrôle de sécurité, j'ai droit au taponnage de ma personne, jambes écartées et bras allongés, parce que le détecteur me suspecte d'avoir du métal enfoui dans une quelconque partie de mon anatomie. Sans oublier qu'un agent pas très souriant décide de jeter à la poubelle sans le moindre scrupule le tube de dentifrice de Sara parce qu'il dépasse les 100 ml permis, ce qui la fait se sentir comme la pire des criminelles.

Il suffit toutefois des effluves de parfums émanant de la boutique hors taxes pour qu'on oublie ces petits désagréments. Les poignets et le cou enduits de plusieurs fragrances essayées gratuitement, on profite du temps qu'il reste avant notre vol pour explorer les boutiques de la zone d'embarquement. Après avoir considéré l'achat d'un petit coussin repose-cou pour rendre plus agréable notre vol de nuit, Sara craque finalement pour une revue à potins américaine et moi, pour une tablette de chocolat surdimensionnée. C'est donc sur un high de sucre que je monte à bord d'un avion pour la toute première fois de ma vie. Pendant que les passagers s'affairent à placer leurs bagages dans les coffres de rangement supérieurs, on s'amuse à essayer tous les gadgets à notre disposition : la lumière semi-aveuglante au plafond, la petite bouche de ventilation qu'on doit tourner habilement avec nos doigts et l'écran tactile sur lequel on doit appuyer comme des forcenées pour obtenir un soupçon de réactivité. Bien que Sara ait déjà volé une fois dans sa vie pour aller visiter sa grand-mère en Floride pendant la semaine de relâche, elle semble aussi énervée de prendre l'avion que la novice que je suis.

— Marjorie, as-tu vu ça ? Il y a *When Harry Met Sally*. Je vais tellement le regarder ! Je peux pas croire qu'ils nous fournissent des écouteurs, un oreiller pis une petite couverture. Je capote !

Après avoir approuvé son choix de film, je décide d'assouvir ma curiosité en jetant un œil à ce qui se trouve dans la pochette devant moi : une fiche plastifiée rappelant les consignes de sécurité, le magazine de la compagnie aérienne et un petit sac blanc non identifié. Je l'ouvre. Ouache! Quelqu'un a collé sa vieille gomme dedans. Pendant que j'échange le sac contenant l'ADN d'un passager précédent avec celui de mon voisin qui n'a pas encore gagné son siège, Sara sort un énorme guide de son sac à dos.

— Pis, as-tu eu le temps de le feuilleter, finalement?

— Pantoute! J'ai pensé que j'allais le faire là là.

Quand on a arrêté notre choix sur Barcelone, on voulait voyager sans plan précis parce que notre dernière session d'université avait été suffisamment stressante pour qu'on ne se mette pas cette pression supplémentaire sur les épaules. Puis, il y a environ deux semaines, on a eu une petite montée d'angoisse en réalisant que le peu qu'on savait de cette ville, on le devait au film *L'auberge espagnole*. Prise de panique, j'avais fouillé sur des blogues pour dénicher des idées d'activités intéressantes et Sara avait emprunté le guide de voyage de sa cousine. Fin de session oblige, elle avait remis sa lecture à plus tard. En la voyant plongée dans la section des photos, je m'incline vers elle.

— C'est de ça que je te parlais l'autre jour, l'œuvre de Gaudí. Il a conçu plein de buildings cool dans la ville.

Je lui pointe la photo de droite, elle s'exclame à la vue du toit coloré de la Casa Batlló.

— On pourrait aller voir ça demain!

— Certain! La cathédrale qu'il a imaginée, la Sagrada Família, est impressionnante aussi. Faut vraiment prévoir une visite.

À mesure que Sara tourne les pages de son guide, on dresse une liste mentale de tout ce qu'on a envie de faire au cours des prochains jours. C'est avec la fébrilité dans le tapis qu'on accueille le message qui demande à tous les passagers de se préparer au décollage. J'attache ma ceinture avec empressement, tandis que Sara place tant bien que mal l'énorme guide dans la petite pochette avant de son siège. Là, c'est vrai : depuis des semaines qu'on rêve de ce voyage et dans quelques heures, on va y être, de l'autre côté de l'Atlantique. Une occasion de faire le plein de souvenirs avec ma meilleure amie que je n'ai pas vue aussi souvent que je l'aurais voulu au cours des derniers mois ; de m'empêcher de songer aux curriculum vitae envoyés il y a quelques jours ; et d'oublier que je viens de décevoir le seul gars qui comptait vraiment pour moi.

En décollant, je laisse ma culpabilité et mes angoisses sur le tarmac. Les tourments peuvent bien attendre mon retour.

SARA

Le trajet qui nous mène jusqu'à Barcelone n'est pas de tout repos. Dans le premier vol, le passager d'en avant décide d'incliner son siège au maximum, celui d'en arrière pétrit le bas de mon dos avec ses genoux et un troisième, à la vessie hyperactive, choisit toujours mon appuie-tête pour se tenir en équilibre dans l'allée en route vers les toilettes. À moitié endormies, on pique une course digne d'un sprint pour traverser les deux terminaux de l'aéroport Charles de Gaulle afin d'attraper notre correspondance. En route, on finit même par en perdre un petit bout. Et par petit bout, j'entends ma valise qui, elle, a choisi de ne pas continuer son chemin jusqu'en Espagne. D'après l'employé de la compagnie aérienne, qui se veut rassurant, elle s'est accroché les roulettes à Paris; ce serait une question d'heures avant qu'elle arrive à bon port. Il n'y a rien à faire, sinon attendre sa livraison à l'auberge de jeunesse où nous avons réservé pour les trois prochaines nuits.

Je me sens un brin démunie en montant à bord de l'autobus qui nous conduit de l'aéroport à la Plaça de Catalunya, un square au cœur de Barcelone. Quand même, je réussis à oublier temporairement l'absence de mes précieuses affaires lorsque mon regard se pose sur une série de palmiers au bord de la route. Pendant que le décor défile sous mes yeux asséchés par l'air de l'avion et que j'essaie tant bien que mal de déchiffrer une pancarte en catalan, recourant aux minces connaissances que j'ai de cette langue, des pensées sorties de nulle part émergent dans ma tête.

    La dernière fois que mon esprit a vagabondé avec autant de liberté, c'était l'été dernier, pendant mon road trip avec Seb. Le retour à la réalité avait été doux, pour ensuite devenir brutal. Rapidement, nos *dates* à manger de la salade pour compenser la friture qui avait graissé nos artères pendant notre périple automobile avaient cédé la place à la rentrée scolaire et au poids de la course à la réussite. Je m'étais mis de la pression pour parvenir à décrocher un stage intéressant en lien avec mon bac en communication ; j'étais convaincue qu'il fallait que je donne tout pour me faire un nom en télévision, un monde qui fonctionne surtout par contacts, en ne délaissant pas mon chum pour autant. Pas parce qu'il me l'avait demandé, juste parce que je voulais être certaine de ne rien négliger. J'avais donc consacré les derniers mois de ma vie à tenter de jouer les amoureuses attentionnées, les étudiantes modèles ET les stagiaires exemplaires. C'est le visage tourné vers le paysage qui s'urbanise de plus en plus que je prends conscience de l'ampleur de ma fatigue. Je suis brûlée et la faute n'en revient pas uniquement au décalage horaire : j'ai un besoin urgent de décompresser après ce marathon de dévotion. Heureusement, je suis à l'endroit parfait pour récupérer, et en compagnie de la meilleure des amies en plus. C'est d'ailleurs elle qui me sort de ma tête en balayant sa main un peu trop près de mon visage, pour m'indiquer qu'on vient d'arriver à destination.

    On descend de l'autobus sous un ciel sans nuages. Crevant de chaleur, on se dépêche d'enlever nos coupe-vent pour les glisser dans nos sacs. Avec nos jeans à pattes d'éléphant et nos runnings aux pieds, on est habillées un peu trop chaudement pour la température du début mai qui, ici, flirte avec le mercure estival. Partout sur la Plaça de Catalunya, des gens profitent d'un rayon de soleil pour relaxer à l'ombre d'une fontaine ou sur un banc de parc, en parfaite cohabitation avec des centaines de pigeons. J'ai déjà hâte que ce soit nous.

— Faut tellement revenir ici, Marje.

— Certain. Je veux tout voir. Tout !

Elle tend les bras vers le ciel d'un geste dramatique.

— L'avenir nous appartient !

D'un geste un peu moins théâtral, je sors de la poche de mon sac la confirmation de réservation d'hébergement, sur laquelle j'ai noté le trajet pour s'y rendre.

— Pour commencer, ça te tente-tu qu'on se rende à l'auberge de jeunesse ?

— Mets-en !

— Première étape, il faut tourner à droite sur Place de Catalogne.

— On est pas déjà sur Place de Catalogne ?

— Je pense que c'est la rue Place de Catalogne.

— Je peux-tu voir la feuille ?

— C'est pas un plan. J'ai recopié à la main le trajet suggéré par MapQuest parce que l'imprimante avait plus d'encre. Je pensais que ce serait facile de se retrouver, faque j'ai pas noté chaque petite info.

— Ok, ben, allons voir là-bas.

On traverse une partie du square pour atteindre une première intersection. Les yeux plissés, on cherche les panneaux qui indiquent le nom des rues.

— Euh, Sara. Checke ça.

Je lève la tête pour réaliser qu'on est au coin Plaça de Catalunya et... Plaça de Catalunya.

— Ça peut-tu être moins évident que ça ?

On se résout à faire le tour du square pour finalement constater que les quatre avenues qui le bordent s'appellent toutes Plaça de Catalunya.

— C'est quoi la prochaine indication, Sa, mettons que ça nous aiderait?

— Il faut emprunter l'avenue Portal de l'Àngel.

Je feuillette rapidement mon guide à la recherche d'une carte. Rien de tel à l'horizon. On essaie finalement de se rabattre sur un plan du quartier affiché près de la sortie du métro, mais puisque le panneau est tapissé de graffitis et de cacas d'oiseaux, le mystère reste complet. À bout d'orgueil, on finit par demander l'aide d'un chauffeur de taxi, qui accepte de nous y emmener. Il nous fait faire ce qui est sans doute le trajet le plus court de l'histoire en nous débarquant deux rues plus loin. Quand on passe enfin la porte de l'auberge de jeunesse, plus pauvres de cinq euros, nos faciès exaspérés et suintants jurent avec celui de l'employé frais et dispo derrière le comptoir.

— Bonjour! Comment allez-vous aujourd'hui?

Marjorie dépose son sac dans un soupir bienfaisant avant de lui transmettre les informations à propos de notre réservation. L'endroit est à l'image des photos présentées sur le site web. Un mur est orné de plusieurs affiches des attractions touristiques incontournables de Barcelone. Derrière le comptoir, une série d'horloges donnent les heures de plusieurs villes à travers le monde. Je ne sais pas en quoi c'est pratique de savoir qu'il est 2h40 en Australie, même si je trouve ça cool pareil. J'en suis à reluquer un babillard auquel sont épinglées un nombre impressionnant de devises en papier, quand Marjorie me touche le bras dans un élan manquant carrément de douceur.

— Voyons, pourquoi tant de violence ce matin?

— S'cuse. C'est juste... as-tu entendu ce que le gars vient de dire ?

— Non, je regardais le vieux 2$ canadien là-bas. C'est cool, hein? Le vois-tu?

Mais la seule chose qu'exprime le regard de Marjorie, c'est la panique.

— Qu'est-ce qui se passe?

— Ils ont pas de réservation à notre nom.

— Hein? C'est pas possible. J'ai la confirmation ici!

Je dépose sur le comptoir le papier à l'encre jaune et rose pâle, témoignage des derniers soubresauts de la cartouche de mon imprimante. C'est là que je vois ce qui ne m'avait pas sauté aux yeux auparavant: on a réservé aux bonnes dates, mais pour l'année prochaine. Mai 2009. Une erreur sûrement causée par la quantité de vin cheap consommée le soir où s'est effectuée la fameuse réservation en ligne... Je lâche un juron bien québécois qui ne nécessite aucune traduction et qui fait dire à l'employé:

— Il nous reste des chambres, si vous voulez.

J'ai un regain d'optimisme jusqu'à ce qu'il nous annonce le tarif de la solution miracle. Je me tourne vers Marjorie.

— Shit, c'est donc ben cher quand on réserve pas un an d'avance!

— Mets-en!

— Qu'est-ce que tu veux faire?

— Je sais pas. J'ai tellement pas l'énergie pour chercher une autre place où dormir avec trois heures de sommeil dans le corps!

— Moi non plus. Ma valise doit être livrée ici aujourd'hui ou demain, en plus...

Marjorie s'adresse à l'employé:

— Avez-vous quelque chose de moins dispendieux?

La réponse est celle que je redoutais sans le savoir : ce qui rentre dans notre budget, c'est deux lits dans un dortoir de seize personnes. Seize comme dans « quatorze inconnus, gars comme filles, qui vont partager le même espace de vie que nous ». Jamais je n'ai été invitée à un aussi gros pyjama party et ça m'angoisse un peu. Mon regard se perd sur un écriteau flirtant avec le mieux-être et qui rappelle l'importance de vivre, d'aimer et de rire. À mon avis, ils ont oublié une chose importante : *Live, Love, Laugh*, pis apprends à t'ouvrir à l'imprévu en voyage, même si ça te fait une drôle de boule au ventre.

MARJORIE

Une paire de gougounes brisées qui gît dans la poubelle. Une serviette de plage qui sèche, accrochée sommairement aux barreaux d'un lit superposé en métal. Un ventilateur essoufflé qui balaie la pièce en nous renvoyant une odeur de petits pieds directement dans les narines. Tel est le décor qui nous accueille à notre entrée dans le dortoir.

— Tu veux le lit collé à la fenêtre ou celui en face de la salle de bain ?

Je connais assez Sara pour savoir qu'elle me le demande pour être polie, même si elle a déjà des vues sur celui près de la fenêtre.

— Salle de bain, ça me va.
— Cool !

Je grimpe sur mon lit après avoir enlevé mes souliers et laissé mon sac à dos en bas de l'échelle. Le lit voisin est tellement proche que je peux le toucher du bout des doigts si j'étire un peu le bras.

— Pis, la vue est-tu belle par chez vous ?
— Directement sur le *container* à déchets, répond Sara.
— Magnifique !

Même si le matelas est le plus mince que j'ai vu de ma vie, à l'heure actuelle, c'est le plus confortable au monde. Je me couche sur le dos avec l'intention de piquer un somme.

Quelques minutes de pure félicité passent avant que Sara se mette à gigoter dans son lit.

— Comment est-ce que je suis censée dormir quand Barcelone m'attend de l'autre côté de la fenêtre?

— Encore dix minutes pis on y va?

— Ok.

C'est le temps qu'il faut pour reposer mon dos, mes pieds, puis pour m'arranger une face dans les toilettes communes. J'en profite aussi pour changer de t-shirt et troquer mes jeans contre des shorts. Sara me demande de lui en prêter un, que je lui lance depuis l'autre bout du dortoir. Compte tenu de l'étroitesse de l'endroit, elle parvient à l'attraper sans trop de difficulté. On est toutes les deux en sous-vêtements quand la porte du dortoir s'ouvre avec fracas. Un gars avec des écouteurs sur les oreilles et un ordinateur ouvert dans les mains fait irruption dans la pièce. Il parle beaucoup trop fort dans ce que je soupçonne être une session Skype, si bien que je me rends compte de sa présence avant que lui ne s'aperçoive de la mienne. Le sacre sonore que je lâche en le voyant me fait toutefois vite sortir de l'anonymat.

— Haaaaaaaaa! Tabarnac!

Le gars lève les yeux de son écran, tandis que je me cache derrière mes deux morceaux de vêtement qui me paraissent tout à coup minuscules et que Sara s'enroule à la va-vite dans le mince drap qui recouvre son lit. Il faut un bref instant à l'inconnu pour comprendre dans quel genre de situation il vient de mettre les pieds. Visiblement petit dans ses souliers, il s'empare d'un câble d'alimentation déposé sur un lit à proximité en laissant échapper au passage un mot d'excuse dans un anglais approximatif. Les yeux rivés au plancher, il regagne le corridor à la vitesse de l'éclair. Dortoir *mixte*: on avait sous-estimé ce détail très important.

Munies d'un plan du quartier déniché à la réception et sur lequel l'employé de l'accueil a dessiné une étoile pour qu'on puisse retrouver facilement notre point de départ, on s'enfonce dans les rues sinueuses et pavées du quartier Barri Gòtic, à la recherche de quoi manger pour dîner. Nos estomacs sur le décalage horaire crient famine. À notre plus grand désarroi, la plupart des restaurants, eux, n'ont rien à faire de voyageurs qui ne vivent pas au rythme du pays. Il est passé 16 h et nombre d'endroits qu'on croise sur notre route sont en voie de fermer, ce qui nous oblige à nous rabattre sur un restaurant qui offre des sandwichs pour emporter. On se commande chacune un *bocadillo calamares* et une petite *agua por favor* avec l'aisance de deux filles qui se promènent équipées d'un guide de voyage contenant un mini-dictionnaire français-espagnol. Le pain baguette dans lequel sont coincées des rondelles de calmars frits se fait engloutir en moins de deux, ce qui nous permet de nous rendre jusqu'au front de mer avec une énergie renouvelée.

À la vue des eaux scintillantes qui se profilent à l'horizon, on se dépêche de descendre la promenade qui mène vers la plage. Quand on atteint enfin le sable, ce ne sont pas les mégots de cigarettes qui pullulent sous mes souliers qui attirent mon attention, mais l'eau bleu-vert qui semble s'étirer jusqu'à l'infini et qui fait la joie de quelques baigneurs.

— On se trempe les pieds, Sa?
— C'est sûr!

Je m'empresse d'enlever mes souliers et elle aussi.

— Je peux pas croire qu'on est ici pour de vrai, Marje!
— Moi non plus!
— En même temps?
— GO!

Je fais un peu le saut lorsque l'eau atteint mes orteils désormais libres, car elle est plus froide que je l'imaginais. Je reste quand même, parce qu'il m'est impossible de fuir la mer que je rencontre pour la première fois de ma vie. Les yeux fermés, je hume le parfum de l'air salin. Mes orteils s'enfoncent un peu plus dans le sable chaque fois que l'eau se ramène vers nous et mouille mes mollets blancs qui connaissent leur première sortie en plein air depuis l'hiver.

— C'est ça le bonheur !

Je me tourne vers Sara qui, plutôt que de réagir à mon commentaire, effectue une drôle de gymnastique faciale.

— Viens-tu de réprimer un bâillement ?

— C'est pas que c'est pas magnifique tout ça, mais la fatigue me rattrape, comme.

Son endormitoire est contagieuse, parce que je me mets à bâiller moi aussi, signe que notre nuit de sommeil négligeable commence à nous rentrer dans le corps. On décide donc de s'asseoir dans un coin tranquille. Alors que je considère poser mes fesses dans le sable granuleux, Sara sort une couverture de son sac et l'étale au sol. Je m'apprête à lui demander où elle l'a prise quand j'en aperçois l'étiquette.

— C'était pas gratuit ?

— Non. Ben, je pense pas...

— Meh. Ils ont ma pâte à dents, moi j'ai leur couverture.

D'un geste précis, Sara étend le rectangle de tissu sur le sable.

— Avoir su, j'aurais pris la tienne aussi. C'est peut-être un peu petit pour deux.

— T'es fine, mais je te la laisse. Je voudrais surtout pas me rendre coupable de complicité après les faits.

Je m'étends sur le ventre en posant ma tête sur mon sac à dos pour éviter qu'elle touche le sable. Sara fait la même chose en s'assurant de passer l'un de ses bras dans l'une des courroies. Si un être malveillant essaie de la voler, il lui faudra aussi partir avec cette partie de son corps. Je ne sais pas combien de temps je me suis assoupie, seulement quand je finis par rouvrir les yeux, je mets quelques secondes à me situer. Nous sommes désormais couchées en plein cœur d'une plage bondée, entre deux filles qui se font bronzer seins nus et un gars qui porte le Speedo moulant avec aisance. Entre les groupes circulent des gens qui offrent des massages et de la bière. C'est d'ailleurs l'un des vendeurs qui réveille Sara en passant un peu trop près de son visage en hurlant : «*Cerveza, cerveza!*» Elle tasse le chandail qui protégeait sa tête du soleil et se redresse mollement, un peu perdue.

— T'es sur la plage à Barcelone. J'ai eu la même réaction que toi.

J'attrape ma bouteille d'eau désormais chaude et dont le goulot est recouvert de grains de sable. J'ai beau essayer de les chasser avec mon doigt, quelques-uns réussissent quand même à se frayer un chemin à l'intérieur. Une gorgée, et j'ai maintenant un petit bout de plage dans la bouche. Le vendeur de bière, qui a probablement repéré ma détresse de loin, ressurgit à l'instant même. «*Cerveza, cerveza!*» Je sors quelques euros de mon porte-monnaie en échange de deux cannettes de bière qu'il extirpe d'une glacière bien froide. J'en tends une à Sara. La bière est cheap, bien qu'étonnamment rafraîchissante. Après quelques gorgées, je dépose ma cannette dans le sable et sors mon appareil photo numérique de mon sac. Il est bouillant d'avoir passé un bon moment en contact avec le sable brûlant.

— Sa, il faut immortaliser ce moment-là. Notre première bière à Barcelone !

Je le tourne vers nous deux en le tenant le plus loin possible. On lève nos cannettes vers l'objectif, un sourire aux lèvres.

— Je peux-tu voir ?

Ce n'est certes pas la photo la plus flatteuse. Il nous manque à chacune un bout de tête et nos yeux aveuglés par le soleil sont à moitié fermés. Nos sourires, eux, sont sans équivoque. Je juge cette photo parfaite dans son imperfection, quoique ce ne soit pas le cas de Sara.

— J'ai un très gros bras. J'ai-tu des gros bras de même dans la vie ?

— Ben non. C'est l'angle.

Sara agite la tête pour signifier qu'elle ne me croit pas.

— On peut-tu la reprendre ?

— Ça sera pas spontané !

Je regarde la photo de nouveau.

— Moi, ce que je vois, c'est deux filles qui ont leur fin de session pis leur voyage en avion imprimés dans la face, mais qui sont heureuses d'être en vacances.

— Remontre-la-moi.

Elle utilise les touches de sélection de l'appareil pour se zoomer le corps en détail.

— Ok, c'est beau.

Elle lâche un grand soupir après avoir pris une gorgée de bière.

— Ç'a été dur de faire ma valise pour le voyage. Il y a plein d'affaires qui me font plus parce que la session a été rough.

Je lui montre mes shorts dont j'ai détaché le bouton parce qu'ils me pètent sur le corps.

— *Join the club !* Par contre, sais-tu ce que je me dis ?

— Quoi ?

— Mettons que demain la fin du monde survient. C'est pas grave ! Bon, oui, c'est grave parce que c'est une catastrophe, ce que je veux dire, c'est qu'on a des réserves. Toi pis moi, on survivrait !

D'une main, je tape ma cuisse droite – mon buffet d'apocalypse – pour faire valoir mon point. Un grand sourire se dessine sur le visage de Sara.

— C'est tellement pour des affaires de même que c'est toi ma meilleure amie !

— Plaisir partagé depuis 1998 !

Sara se lève dans un élan énergique, l'air de ne plus accorder d'importance à la grosseur de ses bras. Attention détournée avec succès !

— Envoye, Marje, qu'on aille se tremper la cuisse dans la mer pendant que c'est pas encore la fin du monde !

•••

La première fois que ma route a croisé celle de Sara Langlois, c'était le jour de la rentrée scolaire. D'après ce qu'elle m'a raconté, je suis passée à côté d'elle en coup de vent, l'air de savoir où je m'en allais, mes cheveux frisés bondissant dans tous les sens – une dégaine qui contrastait avec la sienne... Accotée contre le mur bleu-gris devant la rangée de casiers, Sara tenait les sangles de son sac à dos comme une bouée de sauvetage, tentant tant bien que mal de prendre ses repères dans sa nouvelle école. Ses deux meilleures amies du primaire, Isabelle Beaulieu et Valérie Duguay, étaient parties étudier à l'école privée, la laissant affronter seule cette mer de visages majoritairement inconnus. Je marchais d'un pas décidé dans le but de m'éloigner de la clique de filles que j'avais connues au primaire. L'écho de leurs rires qui résonnaient entre les murs de l'aile des premières secondaires tordait le fer dans ma plaie de fille qui n'avait pas de meilleure amie avec qui rire elle aussi.

Ce jour-là, c'est Sara qui m'a remarquée la première. Moi, le tout premier souvenir que je garde d'elle remonte à quelques minutes après le son de cloche annonçant le début de la journée, quand j'ai constaté avec bonheur et soulagement qu'aucun des élèves de mon primaire qui me tapaient sur les nerfs ne faisait partie de mon groupe-classe. Sara occupait le bureau en diagonale du mien. Elle avait sorti de son sac d'école des feuilles de cartable et des crayons gel scintillants. Moi qui ignorais qu'on devait apporter du matériel en cette journée d'accueil, j'avais été impressionnée. J'avais saisi son nom quand on avait dû se présenter les uns après les autres en quelques mots. Si j'haïssais parler devant des gens que je ne connaissais pas, Sara, elle, semblait à l'aise, ce qui m'avait d'autant plus marquée.

Quand on a dû se mettre en file à la bibliothèque pour faire faire notre carte étudiante, j'étais déterminée à lui parler, si bien que j'ai fait exprès de me placer derrière elle. Je n'ai pas eu le temps d'amorcer la conversation qu'elle m'a complimentée sur mes vêtements, et je l'ai relancée sur ses crayons gel. Notre discussion a rapidement débouché sur l'idée de partager un casier.

Dans les journées qui ont suivi, on a passé nos heures de dîner à se trouver des points communs. On est vite devenues inséparables, ce qui faisait mon bonheur, mais un peu moins celui de Maude Desrochers. Depuis le début de l'année qu'elle usait de stratégies déloyales pour que Sara devienne sa meilleure amie : profiter du fait que mes parents refusaient de me faire des lifts pour l'inviter à des activités de fin de semaine, lui demander pendant la pause de se mettre avec elle s'il y avait un travail d'équipe dans le prochain cours ou s'inviter à notre table à l'heure du dîner pour mieux monopoliser la conversation. Même si sa présence digne d'un pot de colle m'énervait grandement, Sara refusait de la mettre de côté sous prétexte que Maude n'avait pas d'autres amies.

Tout a fini par se jouer au retour du congé des fêtes. J'attendais que Sara finisse de ranger ses affaires à la fin du cours de géographie pour qu'on fasse le chemin ensemble jusqu'à notre casier, quand Maude s'est approchée d'elle en lui tendant un papier.

— Ça serait cool que tu viennes, Sara.

Maude m'a à peine regardée avant d'aller porter un papier identique à Mylène Boisjoli. Le cœur m'a reviré de bord quand j'ai vu de quoi il s'agissait : c'était une invitation à son party de fête. Même si je n'appréciais pas Maude tant que ça, à ce moment-là, je me suis vraiment sentie rejet. Sara l'avait visiblement compris, puisqu'elle a laissé tomber :

— C'est poche que tu sois pas invitée.

— Ça me dérange pas.

Le déni pur et simple était mon moyen de canaliser les vives émotions que cette invitation suscitait en moi.

— Veux-tu que je lui demande si tu peux venir ?

Sara n'avait pas attendu ma réponse. Elle était partie comme une flèche pour placer Maude devant un ultimatum : si je n'y allais pas, elle n'irait pas non plus.

C'est ainsi qu'un samedi soir du mois de janvier 1999, je me suis retrouvée dans le sous-sol en faux-fini de Maude Desrochers à me bourrer la face de liqueur et de pizza pepperoni fromage avec croûte farcie en compagnie d'une dizaine d'autres filles, la plupart fébriles à l'idée de vivre leur premier party du secondaire.

Les parents de Maude avaient beau avoir fixé des ballons au mur avec du papier collant pour rendre l'ambiance festive et organisé un jeu de chaise musicale – que je jugeais un peu bébé, d'ailleurs –, la chimie du groupe manquait d'effervescence. Julie Dubé feuilletait un vieux livre des records Guinness découvert dans une bibliothèque dégarnie. Véronique Boileau se tenait devant un cadre 3D accroché au mur ; elle avait fini par gâcher la surprise à tout le monde en nous révélant que ce qu'elle voyait en se mettant les yeux cross side, c'était un colibri qui butinait une fleur.

Le problème s'expliquait facilement : Maude avait invité plein de filles de notre classe, mais sans avoir établi de véritable lien d'amitié avec aucune d'elles, et personne ne semblait vouloir se risquer à proposer une activité que les autres trouveraient peut-être poche, ce qui entacherait leur réputation pour les années à venir.

Quand Maude a finalement proposé de jouer à Vérité ou Conséquence, je me suis levée pour aller remplir mon verre en styromousse de crème soda parce que ça ne me tentait pas de devoir répondre en premier. J'haïssais ce jeu-là parce qu'il nous obligeait souvent à faire ou à dire des choses contre notre gré et ça me mettait mal à l'aise. Quand je suis revenue, je me suis assise sur une chaise de camping pliable entre Marie-Ève Marcil et Carolanne Giroux, qui avaient l'air de détester le jeu autant que moi. Ma place à côté de Sara avait été prise par Maude à la seconde où j'avais osé m'absenter du divan. «Qui va à la chasse perd sa place», m'avait-elle lancé, un peu baveuse. Cette expression-là me tapait sur les nerfs, autant qu'elle d'ailleurs. En déposant mon verre sur la table pour me prendre une poignée de chips, j'ai tassé une pile de CD. C'est là que j'ai aperçu le plus récent disque de Shania Twain, *Come On Over*, celui où elle pose les bras derrière la tête avec le titre écrit au Word Art. Je rêvais de me procurer cet album à ma prochaine rentrée d'argent dans trois mois, quand ce serait enfin mon anniversaire. Je n'ai pas pu m'empêcher de m'exclamer, même si ça impliquait de couper la parole à Maude, qui était sur le point de révéler si elle avait déjà frenché :

— Maude, t'as l'album de Shania Twain ! T'es trop chanceuse !

Si Maude paraissait vouloir m'étamper son pot de Pringles dans le visage parce que je coupais court à son jeu, elle a néanmoins répondu :

— Ouais, mes parents sont abonnés à la Maison Columbia.

Plusieurs murmures d'admiration se sont élevés dans le groupe. Maude était de ces privilégiés qui pouvaient recevoir par la poste les nouveautés musicales de l'heure. Rapidement, le jeu malaisant a été relégué aux oubliettes et la conversation a dévié vers Shania. Mylène Boisjoli disait à qui voulait bien l'entendre qu'elle avait vu le clip sur les ondes de MusiquePlus – celui où elle portait un manteau léopard et où elle chantait dans le désert. Joanie Tremblay, elle, avait entendu les chansons à la radio, sans avoir pu voir le clip parce qu'elle n'avait pas le câble. Voyant l'engouement que suscitait Shania, Maude a glissé l'album dans le lecteur CD et a monté le volume, haussant du même coup sa cote de popularité. Mylène Boisjoli s'est emparée d'un foulard à motif léopard qui était accroché à une patère un peu plus loin pour imiter la chanteuse, ce qui a donné une idée à Valérie St-Cyr :

— On pourrait faire un concours de lip-sync! On forme des équipes pis on présente aux autres ce qu'on a préparé.

Les filles ont approuvé l'idée d'un même cri d'excitation. Valérie savait de quoi elle parlait : elle avait eu la chance de faire du lip-sync au Salon Pepsi Jeunesse l'année d'avant, alors on voulait toutes participer au projet. Elle était en train de raconter comment sa sœur avait survécu à l'émeute des G-Squad au même Salon deux ans auparavant, quand je me suis approchée de Sara pour lui demander de se mettre en équipe avec moi. Sauf que Maude a contrecarré mon plan :

— Comme on est chez nous pis que c'est mon party, c'est moi qui vais décider des équipes.

C'est ainsi que Maude a décrété qu'elle serait avec Sara. Je trouvais difficile de les entendre rire pendant leur répétition, surtout que j'étais jumelée avec Mélanie Bouchard. Elle était peut-être gentille, seulement elle n'avait aucun sens du rythme et ses idées manquaient carrément de piquant. C'est un peu découragée que je me suis rendue dans le débarras pour tenter de nous dénicher des tenues intéressantes pour notre numéro sur *That Don't Impress Me Much*, pendant que Mélanie essayait d'apprendre les paroles de la chanson par cœur en s'aidant du petit livret fourni avec le CD. Sara était penchée au-dessus du coffre de costumes d'Halloween quand je suis entrée.

— T'as quelque chose d'intéressant?

Elle s'est relevée, un masque ridicule sur le visage, ce qui m'a fait rire.

— Wow! Ça te va bien!

— Merci! Comment ça se passe avec Mélanie?

— C'est correct. Toi?

— Maude est partie chercher la caméra de ses parents pour nous filmer. C'est cool, hein?

Plutôt que de répondre par la positive, j'ai senti la peur m'envahir. Même si on s'entendait super bien, Sara et moi, j'ai cru que je n'avais peut-être pas autant à offrir que celle que je voyais comme ma rivale, la fille dont les parents possédaient une caméra vidéo avec cassette VHS intégrée. Je ne sais pas si mon malaise était palpable, mais à cet instant précis, Sara a tenu à me rassurer :

— Tu le sais, hein?

— Quoi?

Elle s'est mise à chuchoter pour que moi seule l'entende.

— Que j'aurais aimé mieux être en équipe avec toi? Maude est smatte, sauf que c'est pas pareil.

C'était comme si elle m'avait enlevé un poids des épaules. Ses paroles m'apportaient une sincère sécurité : Sara aussi me considérait comme sa meilleure amie. À partir de ce moment-là, je n'ai plus jamais été jalouse de Maude ou de n'importe quelle autre fille qui voulait devenir l'amie de Sara. La musique de Shania a scellé le sort de notre amitié et, quelque part dans le sous-sol des parents de Maude, il existait une VHS avec des extraits de nos lip-sync enregistrés par-dessus de vieux épisodes d'*Alerte à Malibu* pour nous le rappeler.

SARA

Je me réveille au deuxième jour de notre voyage avec des sous-vêtements qui ne sont pas les miens. Ce n'est pas que j'ai viré un peu wild hier après avoir consommé un nombre important de bières sur la plage avec Marjorie ; c'est plutôt que, ma valise se faisant toujours attendre, mon amie est gentiment venue à mon secours, franchissant une ligne que je ne pensais jamais devoir outrepasser dans notre amitié. J'ignore quelle heure il est, mais, étant donné que les autres voyageurs dorment tous à poings fermés, je présume qu'il est tôt. La nuit n'a pas été de tout repos, puisque la majorité de nos compagnons de dortoir sont revenus un peu sur le party, parlant fort et allumant les lumières sans aucun égard pour ceux qui étaient déjà au lit. Quelqu'un s'est même permis de jouer une petite toune au ukulélé avant de se faire ramener à l'ordre par un voyageur qui avait plus de courage que moi.

Je décide de me lever pour obéir à ma faim et à ma vessie qui refusent de me laisser dormir. D'une main, je cherche mon soutien-gorge caché sous le mince drap de coton qui recouvre partiellement le matelas. Je l'enfile tant bien que mal sous mon t-shirt, assise dans mon lit dont les vis auraient bien besoin d'être resserrées tellement il bouge au moindre micro-mouvement. Je descends de ma couchette – ou plutôt, je désescalade l'échelle métallique –

pour retrouver mon sac que j'ai placé dans un casier barré. C'est là que je comprends pourquoi les gens utilisent un cadenas à clé plutôt qu'à numéros... Dans la pénombre de la chambre, je ne vois à peu près pas ce que je fais. J'abandonne le projet de me saisir de la barre tendre d'urgence qui traîne dans le fond de mon sac à dos depuis au moins deux sessions et je décide plutôt de me rendre à la cuisine pour voir s'il n'y a pas de quoi sustenter mon appétit de fille en décalage horaire. En route, j'aperçois au bout du corridor un petit quelque chose que j'attendais impatiemment : ma valise ! Je change de direction pour m'en emparer sans plus attendre. Tout s'y trouve et j'ai même une surprise...

— Woh. Qu'est-ce qui s'est passé ?

Marjorie assiste en même temps que moi au spectacle offert par mon sac de cosmétiques : mon tube de crème solaire, qui n'a vraisemblablement pas aimé son séjour en altitude, a décidé de s'ouvrir et d'offrir une protection à large spectre à tous les autres produits de ma trousse.

— Une explosion de nature FPS 50. Peux-tu surveiller mes affaires pendant que je vais laver ça ?

— Certain.

Marjorie se laisse choir dans un bean bag à proximité avant de fermer les yeux, démontrant une vigilance discutable. C'est à croire que je ne suis pas la seule à avoir passé une courte nuit. Quand je reviens, une dizaine de minutes plus tard, après m'être involontairement arrosée de la tête aux pieds à cause du pommeau de douche indocile, son visage est passé de celui de fille qui s'endort à celui de fille qui est coupable de quelque chose... Je connais bien cette face-là, depuis le temps qu'on est amies. Ce sourire crasse précède toujours la révélation de ses plans décidés sur un coup de cœur ou un coup de tête.

— Qu'est-ce qui se passe ?

— Ça se pourrait que je nous aie inscrites à une activité.
— Comment ça, "ça se pourrait"?
— Pendant que t'étais partie nettoyer tes affaires, le gars au front desk m'a parlé d'une visite guidée à pied. Un genre de tour d'horizon des environs. Ils font ça en collaboration avec une autre auberge de jeunesse. Je lui ai dit que je voulais attendre que tu reviennes pour t'en jaser, sauf qu'il en parlait avec tellement d'enthousiasme que j'ai pas été capable de refuser. Surtout que c'est gratuit pis qu'on a pas vu grand-chose encore...
— J'ai-tu le temps de prendre une douche, au moins?
— Ben oui. Ils nous attendent pour 10 h.

Je regarde mon poignet pour consulter ma montre alors que je n'en porte même pas. Maudit décalage horaire de confusion de la vie. Marjorie, qui m'a vue, ajoute:

— Je vais aller voir dans la cuisine s'il y a du café. On va en avoir besoin.

À 9 h 57, enfin vêtue de mes propres vêtements, je débarque avec Marjorie sur la Plaça Reial, notre lieu de rassemblement. Près de la fontaine du square bordé de palmiers, on repère notre guide, qui brandit un parapluie jaune. Pendant qu'on attend les trois retardataires du groupe, Marjorie observe l'un des lampadaires qui décorent la place et autour duquel s'enroule un serpent sculpté. Moi, j'en profite pour observer la dizaine de nos compagnons de marche d'une manière que j'espère subtile derrière mes lunettes de soleil. Il y a le précautionneux qui, chapeau sur la tête, se badigeonne le corps de crème solaire; le sociable solitaire qui tente déjà de fraterniser avec le guide, et la blasée qui roupille au soleil en attendant le départ. Le guide entame ses explications quand les retardataires font leur apparition et se placent derrière Marjorie et moi. Déjà que je dois me concentrer pour arriver à comprendre ce que dit notre guide qui parle assez rapidement dans un anglais teinté d'espagnol, je n'entends plus rien quand les gars se mettent l'un après l'autre à faire craquer leurs bouteilles d'eau en plastique pour gérer ce qui semble être une importante déshydratation collective. Agacée, je me penche vers Marjorie et chuchote :

— Sont donc ben gossants.

— J'allais dire la même chose.

On se tourne vers eux en espérant que notre regard leur fasse comprendre de se calmer le craquement qui prive nos ouïes de précieux détails historiques dont on ne se souviendra plus dans une heure – c'est pour le principe. C'est à ce moment qu'un des trois gars, un grand brun au sourire rieur et aux oreilles légèrement pointues, laisse échapper un mot d'excuse. La musicalité de son accent suffit à illuminer le visage de Marjorie : on a affaire à un Britannique, le fantasme ultime de mon amie depuis qu'elle a découvert la version télé d'*Orgueil et Préjugés* pendant l'été entre notre quatrième et notre cinquième secondaire. Il va donc de soi que, même si le gars qui se tient devant elle se remet vraisemblablement de sa cuite de la veille, Marjorie est sous le charme. Une théorie qui se confirme alors qu'on amorce notre sortie du square et qu'on prend à droite sur l'avenue piétonne La Rambla : Marjorie ralentit le pas pour observer certains détails architecturaux mentionnés par le guide, tout en prenant soin d'épier au passage les trois gars qui traînent un peu les pieds derrière. Quand elle finit par me rejoindre, c'est en bondissant, car elle est aux prises avec une impulsion qui trahit son excitation.

— Ils sont tous les trois Britanniques ! Je peux pas croire ma chance !

Marjorie ouvre grand les yeux, comme si elle venait d'avoir une révélation.

— Je viens d'avoir une révélation. Penses-tu que c'est la vie qui essaie de se faire pardonner pour mon stage ?

Marjorie avait eu le cœur brisé au mois de mars quand elle avait appris que le stage en scénographie à Londres qu'elle convoitait avait été proposé à quelqu'un d'autre de sa cohorte. Si la blessure mettait du temps à guérir, c'est que Marjorie avait l'impression qu'on l'avait privée d'une expérience de vie unique. Bien que la présence des trois Britanniques n'ait aucune réelle valeur académique, elle a néanmoins le potentiel de mettre un baume temporaire sur sa souffrance.

Elle n'attend pas que je formule une réponse avant d'envisager un scénario idéaliste. Devant l'une des nombreuses boutiques souvenirs de La Rambla, entre deux sacoches portant le nom de la ville et des aimants de frigo en forme de poêlon de paëlla, elle se met à rêver à haute voix :

— Imagine que je tombe en amour avec l'un d'eux pis que je déménage au Royaume-Uni !

— Tu disais pas l'autre jour que tu mettrais jamais les pieds là ? Que c'était un territoire maudit depuis l'affaire du stage ?

Marjorie enfile un chapeau de paille rose orné d'un *I* ❤ *Barcelona* avant de répondre d'une manière théâtrale :

— L'amour ne connaît aucune frontière, Sara, même les plus maudites.

— Qu'est-ce que tu attends pour aller parler à tes pas-de-frontières, d'abord ?

Je désigne du menton les garçons qui étudient les souvenirs quétaines pas très loin de nous. Mais avant même que Marjorie puisse tenter une approche, le guide agite son parapluie jaune pour nous signifier qu'on doit se diriger vers le prochain arrêt. Une fois au marché de La Boqueria, après avoir admiré les étalages de fruits frais dignes d'un musée de l'agrume, Marjorie décide de tenter sa chance avec le garçon aux cheveux noirs épais qui porte le jersey d'une équipe de soccer. Il n'est pas le plus joli des trois, mais certes le moins intimidant. Pour une première approche, c'est un bon début.

— Reste pas loin, Sa. Ok ?

— Je suis à côté des oranges, si tu as besoin de support moral.

— Merci. Si tu sens que ça foire, hésite pas à intervenir.

— Je suis là pour toi !

Marjorie s'approche du gars qui fait dos à une composition étagée d'ananas. La voir aussi nerveuse de faire les premiers pas me renvoie à ma propre gêne quand c'était moi qui me trouvais dans cette position – une vulnérabilité que j'ai toujours détestée et, qu'heureusement, je n'ai plus à vivre maintenant que je suis avec Sébastien. Mon beau Seb... Pas de chance que je rencontre ici un gars qui réussisse à ébranler mes sentiments pour lui. Quand on a commencé à sortir ensemble, l'été dernier, j'ai craint qu'on se tanne l'un de l'autre. Pourtant, c'est tout le contraire qui s'est produit. Mon amour pour lui grandit un peu chaque jour, même si c'est vraiment quétaine de dire ça. Marjorie se met à rigoler avec les trois garçons, signe que sa tactique de cruise est visiblement efficace. Ça me fait du bien de la voir aussi joyeuse. À cause de sa rupture avec Luis, son collègue du club vidéo, en février, puis de toute la saga du stage tant espéré qui lui avait échappé, il y avait en elle quelque chose d'un peu triste. Un quelque chose qui s'est probablement volatilisé maintenant que ses hormones semblent finement stimulées...

Alors que le groupe se déplace maintenant vers la cathédrale de Barcelone, Marjorie revient vers moi, rayonnante.

— Pis ? Ç'a bien été ?

Je le lui demande pour le principe, parce que son non-verbal veut tout dire.

— Ils sont vraiment smattes. Pis drôles. À la fin du tour, ça te dérangerait-tu si je leur proposais d'aller prendre un verre ?

— Ben non.

— Yé ! T'es trop fine !

Après nous avoir présenté le square et la cathédrale, le guide suggère à ceux qui le veulent de visiter l'église. On fait le tour en vitesse, Marjorie et moi n'étant pas de grandes fans du Christ. On est, en revanche, de grandes fans des bancs en bois qui permettent de s'accorder une petite pause après une heure de marche soutenue. Sauf qu'en me relevant, mes pieds ne veulent plus collaborer.

— Outch, outch, outch !

— Quoi ? Qu'est-ce qui se passe ?

Je retire mes souliers neufs pour m'apercevoir que le tissu a malmené la peau de mes talons et de mes petits orteils. Je sors de mon sac tous les diachylons disponibles avec l'intention de les coller sur ma peau meurtrie. Seulement, ce n'est pas facile à déballer, ces affaires-là, et j'en suis seulement au troisième pansement quand notre groupe se prépare à sortir de la cathédrale.

— Shit. Ils s'en vont.

— Attends, je vais t'aider.

Marjorie me tend deux pansements qu'elle a réussi à ouvrir grâce à ses ongles plus longs que les miens, mais ce n'est pas suffisant. Par le temps que je rattache mes lacets, le groupe est hors de notre vue. On prend à gauche dans l'espoir de les rattraper parce qu'on a cru percevoir l'ombre d'un parapluie jaune. Peine perdue. Pour une fille avec des ampoules, je marche vite, mais pas assez pour suivre le guide qui avance comme s'il n'avait pas une seule minute à perdre de sa vie. D'autant que l'intérieur de mes cuisses, à vif en raison du frottement peau contre peau, ralentit aussi ma cadence.

— Je suis désolée pour tes prospects, Marje.

— C'est pas grave. C'était un *long shot*, de toute façon.

On tourne à droite et puis encore à droite pour réaliser qu'on vient de revenir sur nos pas. Parce que mon corps me fait encore souffrir, on s'offre une autre pause dans les marches extérieures qui mènent à la cathédrale.

— Penses-tu que c'est la faute de mon karma ? Que c'est parce que j'ai fait de la peine à JP que je rate une occasion ?

— C'est pas ton karma, c'est juste que j'ai pas cassé mes souliers avant de partir en voyage parce que je voulais les garder beaux.

— Ouin, c'est vrai que c'est un peu ça.

— On va te trouver d'autres Britanniques. Je te le promets. Le voyage fait juste commencer.

— C'est correct. Ça m'a fait du bien à l'âme pareil ce petit flirt-là. Ça me donne espoir que mon tour va finir par arriver. Même si on jurerait que la vie veut vraiment pas que ça se passe pour moi.

— Il y a peut-être moyen d'arranger ça.

— Comment ?

Je pointe l'église derrière nous.

— On pourrait allumer un lampion ?

— Ouin, je suis pas certaine de vouloir dépenser mes euros pour ça.

— T'es pas obligée de donner le prix demandé, personne checke ça. C'est comme les bonbons en vrac à l'épicerie quand on était jeunes. Tu mets dix cents pis t'en prends comme t'en veux. Si quelqu'un pose des questions, tu dis que t'as mis ce qu'y fallait.

Marjorie inspire bruyamment un gros bol d'air, feignant d'être choquée au plus haut point par cette révélation.
— T'es vraiment une criminelle, Sara.
— Je sais !
Je lui souris à pleines dents.
— Pis t'es fière, en plus !
— Dis-moi pas que t'as jamais fait ça ?
Un sourire narquois se dessine sur les lèvres de Marjorie.
— Moi, ma spécialité, c'était de voler les cennes noires dans la fontaine au centre commercial. T'sé, celles que le monde jette pour faire des vœux ?
— Un classique ! Faque, on l'allume-tu notre lampion ? On a jamais trop de chance dans la vie.
— Ok. Mais sache qu'après, si ça se met à bien aller mes affaires en amour, je t'en tiendrai responsable, ironise Marjorie.

•••

On a amorcé notre deuxième secondaire avec une intention précise : celle d'attirer l'attention des garçons. Pas n'importe lesquels, par exemple – ceux qui offraient un potentiel de frenchage.

En revenant des vacances d'été, on avait appris que Jessica Arsenault avait frenché et que Mylène Boisjoli s'était fait un chum. On avait alors réalisé à quel point ça n'allait pas assez vite pour nous. Marjorie, qui avait plus de courage que moi, et qui était surtout la plus déniaisée de nous deux, avait décidé de prendre les choses en main. Elle était arrivée à l'école un matin du mois d'octobre avec une stratégie en tête. Elle avait passé la soirée de la veille à surfer sur plusieurs sites Internet qui indiquaient des façons de se faire remarquer d'un garçon sans avoir à lui parler – un critère important, parce qu'on craignait de subir une humiliation en faisant les premiers pas, étant donné qu'on avait zéro expérience en la matière. Selon ce qu'elle avait lu, on avait de bonnes chances de frencher avant Noël. Marjorie avait profité d'un travail d'équipe dans le cours de religion pour commencer à partager avec moi le fruit de ses recherches, le prof étant plus occupé à lire son journal derrière son bureau qu'à nous surveiller. Puis, à la période suivante, on s'était mises à discuter sérieusement de stratégies potentielles. On s'était assises dans le fond de la classe en économie familiale pour s'assurer de ne pas être dérangées. Les informations qu'on s'apprêtait à échanger devaient rester strictement confidentielles et personne, surtout pas la commère de Carolanne Giroux, ne devait entendre notre conversation. Pour éviter de nommer ouvertement nos kicks, on leur avait donné des noms de Pokémon — c'est Marjorie qui les avait choisis parce qu'elle tripait à fond là-dessus à l'époque. Elle avait même appris la chanson du générique de l'émission par cœur, croyant que ça l'aiderait à gagner les faveurs de David Bellehumeur, alias Mr Mime, qui occupait le casier voisin du nôtre. Quant à moi, j'avais deux gars dans le cœur : le sportif Simon Fréchette, alias Charmander, à qui je rêvais secrètement depuis la première secondaire, et l'intello Louis-Pierre Hétu, alias Le PH, alias Bulbasaur, qui m'était tombé dans l'œil dans le cours de sciences physiques en début d'année.

— Sur un des sites, ils conseillent de s'habiller en rouge. Paraît que ça accroche l'œil. Je vais essayer ça avec Mr Mime.

— Ouin... J'ai pas de chandail rouge, pis je doute que ma mère accepte de m'acheter du nouveau linge. Qu'est-ce que je pourrais essayer d'autre ?

Marjorie a délaissé momentanément son projet de couture pour sortir une feuille lignée de son cartable. Elle a consulté plusieurs des phrases qui y étaient gribouillées avant de me répondre :

— La stratégie d'occuper l'espace, je pense que ça pourrait fonctionner dans ton cas.

— C'est quoi?

— Tu t'arranges pour être dans leur champ de vision le plus possible. À un moment donné, ils vont être tellement habitués de te voir qu'ils vont se mettre à penser à toi.

Sylvie, la prof, est arrivée devant nos bureaux. À voir son air, elle savait que Marjorie et moi ne partagions pas des conseils de couture. On a immédiatement repris nos boxers et nos aiguilles pour prouver qu'on était super disciplinées.

— Je peux voir vos points faufils, les filles?

On lui a montré notre travail.

— Marjorie, tu viendras me voir à mon bureau. Je vais te remontrer comment faire.

Quand elle est partie, Marjorie s'est lancée dans d'autres explications stratégiques, peu troublée d'avoir été prise en défaut.

— Je pense que la prof t'attend.

— J'ai toute ma vie pour apprendre à coudre, Sara, mais le temps est compté pour nos premiers frenchs. Y'est pas question qu'on soit les dernières filles au monde à avoir des chums. Il faut qu'on mette nos priorités à la bonne place.

C'était d'une logique implacable. J'admirais cette capacité qu'avait Marjorie d'aller au bout de ses passions, même quand elles ne faisaient pas l'unanimité.

On s'est vite lancées dans le projet, mais les résultats ne furent pas au rendez-vous malgré le temps qui passait. Marjorie portait son chandail rouge une journée sur deux, ce qui faisait capoter sa mère avec la lessive et lui valait des commentaires désobligeants de la part de Fanny Duperré, l'une des filles de la clique des populaires, qui sous-entendait méchamment qu'elle devait être pauvre pour porter toujours le même linge. Quant à moi, j'envahissais les espaces personnels de Simon et de Louis-Pierre du mieux que je le pouvais, sans gain significatif, par contre. J'avais beau courir à la cafétéria sur l'heure du dîner pour m'assurer de me placer derrière Louis-Pierre dans la file pour le micro-ondes, son regard ne croisait jamais le mien. Il était beaucoup trop dans sa tête pour prendre conscience de mon existence. Quand je me pointais au gymnase pendant que Simon jouait au hockey Cosom ou au basketball, il y avait toujours d'autres filles plus jolies que moi pour attirer son attention. Les pauses d'entre les cours n'étaient pas non plus prometteuses, puisque pour être remarquée, il fallait que je traîne devant les casiers des gars, lesquels étaient pratiquement devant la porte des toilettes, ce qui pouvait laisser croire que j'avais un transit intestinal problématique.

Marjorie refusait toutefois de baisser les bras. Elle voulait y aller d'un grand coup avant le congé des fêtes. Son plan ? Entrer en collision avec David en marchant dans le corridor et faire passer sa maladresse pour un accident. Sauf qu'en voulant atteindre sa cible, elle lui avait asséné tout un coup d'épaule. Il lui avait fait des gros yeux, réduisant ses chances de cruise à néant.

De mon côté, j'avais essayé de gagner en proximité avec Simon et Louis-Pierre lors de la photo de classe. Quelqu'un avait suggéré qu'on se déguise pour l'occasion ; le mot s'était passé entre les élèves et on était plusieurs à s'être costumés. Je pensais avoir marqué des points quand Simon m'avait complimentée pour mes boucles d'oreilles en forme de boules de Noël. Malheureusement, c'est Miriam Hébert qui avait finalement eu droit à toute son attention. Louis-Pierre, lui, s'était déplacé à la toute dernière minute pour prendre la pose à côté d'Isabelle Louvain plutôt qu'à côté de moi.

Noël est arrivé et notre statut de filles n'ayant jamais frenché de leur vie était demeuré inchangé. Pendant le congé des fêtes, j'ai lu sur Internet un poème qui avait de quoi apaiser nos cœurs esseulés. Intitulé *La vérité sur les gars*, il prétendait que si un gars te regarde dans les yeux, c'est qu'il t'aime ; s'il te serre dans ses bras, c'est qu'il a besoin de toi, et que s'il ne fait rien de tout ça, c'est qu'il n'en vaut pas la peine. On s'accrochait à l'idée qu'un jour, ces deux premières affirmations s'appliqueraient enfin à nous. Pour l'heure, la situation avec Mr Mime, Charmander et Bulbasaur concordait tristement avec le troisième scénario.

MARJORIE

Le ventre plein de céréales sans saveur, on entame notre deuxième journée. Si le déjeuner de l'auberge de jeunesse manque cruellement de variété, les activités pour occuper notre temps, elles, ne manquent heureusement pas. Et parce qu'il y a tellement de choses qui nous intéressent, on décide de laisser le sort choisir pour nous. Par sort, j'entends la rencontre entre la murale dépeignant les attractions touristiques de la ville dans le lobby de l'hostel et le centre gravitationnel de Sara.

— Ferme les yeux. Tourne!

Sara met une main devant son visage et tourne deux fois sur elle-même avant de finalement désigner Paul, l'employé de la réception, qui s'empresse de répondre avec toute l'autodérision qu'on lui connaît depuis notre arrivée :

— Je suis pas si intéressant que ça, les filles. Si j'étais vous, je choisirais autre chose de plus spectaculaire.

— Ah! T'es peut-être mieux de pas tourner finalement, Sara.

Au deuxième essai, elle se contente de pointer la carte à l'aveugle. Son index aboutit dans les environs de la Sagrada Família, la fameuse cathédrale inachevée en construction depuis à peu près 125 ans – ce n'est pas moi qui le dis, mais l'affichette qui accompagne la photo de ce monument emblématique de Barcelone.

C'est avec confiance qu'on entame les quelques kilomètres qui nous séparent de l'endroit. Hier, après s'être perdues dans un dédale de rues qui se ressemblaient toutes, on a convenu qu'il était plus sage de s'acheter une vraie carte de la ville pour s'orienter, parce que celle fournie par l'auberge de jeunesse contient surtout des publicités de restaurants et de nettoyeurs.

À mesure qu'on s'approche de notre but, je ressens une grande fébrilité à la vue des tours vertigineuses qui se dessinent entre les arbres. C'est assez fou de penser que je me tiens à quelques mètres d'une œuvre architecturale dont j'ai découvert l'existence dans un cours d'histoire de l'art au cégep. Pour réussir à contenir mon excitation, je prends une dizaine de photos de tous les bouts visibles, ma carte mémoire achetée spécialement pour le voyage pouvant en contenir plus d'une centaine de bonne qualité. Des photos que je ne regarderai probablement jamais, malgré qu'elles témoignent de mon enthousiasme.

Quand on l'aperçoit enfin dans toute sa splendeur, on s'arrête un peu pour l'admirer à distance dans un silence quasi sacré. En dépit des grues qui l'entourent et des filets qui la recouvrent en partie pour protéger les touristes des débris, elle est sublime.

L'image me ramène cinq ans en arrière. Je suis dans la chambre à coucher de mon appartement de Montréal, pendant la deuxième session de mon cégep en arts visuels. Julien, mon chum, est assis à côté de moi sur le lit. C'était l'époque où on était encore super amoureux. On sortait ensemble depuis seulement quelques semaines que, déjà, on dressait des plans de vie. On rêvait de voyager, de voir ce qui se produisait ailleurs en art. On s'était juré que lorsqu'on aurait assez d'argent pour s'acheter un billet d'avion, on partirait en Europe pour découvrir la France, l'Espagne et l'Italie.

Quand notre histoire s'est terminée, ou plutôt quand il m'a quittée pour partir sur une dérape à Banff, j'ai rangé l'idée du voyage loin dans ma tête. Il a fallu que ma vie prenne des allures de cul-de-sac pour que le rêve revienne en force, cette fois sous une forme différente. Même si le scénario d'aujourd'hui n'est pas celui que j'avais imaginé à la base, il m'apparaît encore plus beau. Sara, c'est la personne parfaite avec qui vivre cette aventure-là.

— Je suis vraiment contente d'être ici avec toi, Sa.

Elle passe un bras autour de mes épaules.

— Moi aussi, Marje.

La place fourmille de touristes qui s'immortalisent le double menton en contre-plongée parce que c'est le seul moyen de saisir la monumentalité de la cathédrale. On accède à l'intérieur de la Sagrada assez rapidement et sans devoir se taper une file d'attente monstre ; j'en conclus que notre karma ne doit pas être si pire, après tout. L'endroit n'a rien à voir avec les églises que j'ai déjà visitées. Celle-ci est une œuvre d'art et j'ai mal au cou à force de regarder tout ce qui m'entoure. D'immenses colonnes, ornées de fleurs sculptées dans la pierre, s'étirent jusqu'au plafond. Les rayons du soleil percent à travers les vitraux et baignent l'endroit d'une lumière rouge et jaune. C'est la plus belle affaire en construction que j'ai vue de ma vie. Sara sort son guide de voyage de son sac. Toute une section est consacrée à l'œuvre de Gaudí.

— Ça dit qu'il détestait les lignes droites, c'est pourquoi on retrouve autant de courbes dans ses œuvres.

On balaie l'endroit du regard. Je ne l'avais pas remarqué avant, mais en effet, rien de ce qui nous entoure n'est linéaire. Ça vient me chercher dans les tripes.

— Je l'aime, lui. Il a bien raison. C'est plate, à la longue, les lignes droites. Une courbe, ça dévie peut-être quand t'en pognes une, mais au moins, ça réserve des surprises. Pis moi, j'aime ça les surprises, au fond.

— C'est une remarque artistique ça ou ta philosophie de vie ?

— Un peu des deux, je dirais.

Un groupe de visiteurs arrive derrière nous, coupant ainsi notre élan philosophique. N'ayant pas payé pour la visite guidée, on se colle près d'eux un instant afin d'essayer d'en apprendre plus sur l'œuvre de Gaudí. Sauf que c'est un brin difficile d'y comprendre quoi que ce soit, vu qu'on ne parle pas allemand.

— Il y a un tapon de monde là-bas, Marje, veux-tu aller voir ce que c'est ?

— Ouais, bonne idée.

On s'agglutine à la suite de ces gens qui ont l'air de savoir où ils s'en vont. D'autres personnes rejoignent la file derrière nous. On n'a aucune idée d'où on va aboutir, bien que ça semble être l'attraction la plus courue en ville. On s'enthousiasme donc nous aussi à l'idée de ce mouvement vers l'inconnu. On se dirige vers une sorte d'escalier, on monte une marche, puis une autre et une autre encore, avant de réaliser qu'on ne fait que ça, monter des marches à la queue leu leu dans un escalier étroit qui n'en finit plus de tourner sur lui-même. Et surtout, avant de saisir qu'on est en train de gravir les marches de l'une des tours... et qu'il n'y a pas de retour en arrière possible avant d'en avoir terminé l'ascension. En m'approchant de Sara pour prendre le pouls de sa montée, je remarque que des sueurs sont apparues sur son visage de plus en plus blanc, signe que son vertige prend des proportions inquiétantes.

— Es-tu correcte ?

— Si seulement ça pouvait arrêter de tourner...
— Les lignes courbes, Sara !
— Je sais, mais y'a toujours ben des limites ! Il en reste-tu beaucoup des marches, selon toi ?

Si je me fie à ce que j'ai cru comprendre de la conversation de deux dames derrière moi, il y en aurait plus de 300... Je me demande si je dois lui dévoiler cette information qui risque de l'achever, étant donné qu'on doit avoir monté le tiers de la tour. Je décide d'opter pour la semi-vérité.

— Je sais pas. Regarde comment la vue est belle, par exemple. Il y a une tourelle en forme de grappe de raisins.

Elle risque un coup d'œil.

— Je pense pas que je vais être capable, Marje. J'ai juste envie de me mettre en boule pis de pleurer.

— Ben oui, tu vas être capable. Souviens-toi de la fois à La Ronde en secondaire 4. T'sé quand on pensait être prises dans le Monstre ?

Sara n'en menait pas large quand le manège était resté en haut un peu trop longtemps à son goût. Surtout que le grand niaiseux de Maxime Dubé, assis dans le wagon derrière nous, n'arrêtait pas de l'achaler en lui jurant qu'on allait sûrement devoir redescendre à pied.

Elle s'arrête pour mettre sa main sur la paroi du mur. Elle rit – de nervosité, mais quand même. C'est mieux que rien.

— Quoi ?

— Je sue tellement des pieds qu'il faut que je me serre les orteils pour pas perdre mes gougounes !

Sara était revenue hier à l'auberge avec les pieds en sang, les diachylons collés sur ses bas plutôt que sur sa peau, ce qui l'avait convaincue de délaisser ses souliers pour ses gougounes de pipi, celles qu'elle utilisait pour les douches pas propres. C'était pas chic, seulement elle arrivait à marcher avec un minimum de dignité.

— Au moins, tes ampoules sont en paix. Imagine avoir le vertige pis des ampoules en même temps.

Elle rit de nouveau, toujours paralysée par la peur. Je sens les gens derrière moi qui s'impatientent parce qu'on trouble la fluidité de la montée.

— Tout le monde doit m'haïr.

— On s'en fout du monde. Ils ont juste à nous dépasser s'ils sont pas contents.

Un petit pas à la fois, un claquement de gougoune après l'autre, on débouche finalement au sommet. Je me penche vers l'une des fenêtres de la tour pour mieux voir à l'extérieur. La Sagrada, point central de la ville, offre une vue incomparable du haut des airs. Sara prend son courage à deux mains – c'est-à-dire en tenant fermement l'une des miennes – pour regarder le panorama. Le soulagement, ainsi que la fierté d'avoir réussi à vaincre sa peur des hauteurs, se lit sur son visage alors qu'on amorce notre descente vers la terre ferme.

Dans un instant de détresse, quelque part autour de la 200e marche, j'ai amadoué Sara en promettant de lui payer une crème glacée dès qu'on quitterait les murs de la cathédrale, ce qui nous lance dans la recherche d'une crèmerie dès notre sortie. En route, j'aperçois un guichet ATM imbriqué dans la devanture d'un commerce.

— Ça te dérange qu'on s'arrête au guichet, Sa? Je vais retirer de l'argent.

— Je peux t'en passer, si tu veux. J'en ai pas mal.

— J'ai juste vraiment envie d'essayer le guichet. Je trouve ça malade qu'il soit accessible de la rue. C'est comme un service à l'auto, où on se servirait soi-même!

Sara se place à côté de moi pendant que j'insère ma carte. En bonne surveillante, elle dévisage les passants.

— T'es drôle. T'as l'air prête à sauter sur n'importe qui.

— Dans le guide, ça dit qu'il faut faire attention aux pickpockets. Qu'il faut jamais baisser notre garde parce qu'ils risquent de nous surprendre quand on s'y attend le moins.

Pour me démontrer sa volonté à me défendre coûte que coûte contre les voleurs de portefeuilles, elle effectue quelques moves de bras digne d'une karatéka, y allant même d'un coup de pied en hauteur, qui se termine assez vite faute de flexibilité. Le guichet sonne parce que, distraite, je tarde à entrer mon NIP. Je pitonne nonchalamment les chiffres qui me séparent de l'accès à mon compte bancaire.

— OMG, Sa!
— Quoi?
— Ton cou! T'es toute rouge!

Le guichet rejette ma carte. NIP erroné. Oups. Je la glisse de nouveau dans la fente avant de composer mon code. Sara tire sur une ganse sous le col de son t-shirt.

— C'est ma pochette antivol. Le fini de c't'affaire-là est en polar, pis avec le stress et la sueur dans la Sagrada, j'ai dû faire une réaction allergique.

Sara avait tenu à ce qu'on se procure chacune une de ces fameuses pochettes avant de partir. La dame de la boutique voyage où j'avais acheté mon sac à dos avait beaucoup insisté sur le fait que c'était un indispensable pour Barcelone à cause des pickpockets, justement. Si la mienne gisait au fond de ma sacoche parce que j'ai su dès le premier jour de voyage que je n'en assumerais pas le look, Sara, elle, portait la sienne sous ses vêtements.

— Ben, enlève-la avant de plus avoir de peau. Tu te feras pas voler. Tant qu'on est attentives à notre environnement, y peut rien nous arriver de grave.

Je reporte mon attention sur le guichet. Un message en espagnol est apparu sur l'écran. Mon cœur se met à battre à toute vitesse.

— Non non non !
— Quoi ?
— Le guichet. Checke le message !

Sara s'approche de l'écran.

— Je comprends pas ce qui est écrit.
— Moi non plus, mais y a pus rien qui marche.
— As-tu récupéré ta carte ?
— Non, pis elle est pas dans la petite fente.

Mon cerveau ne tarde pas à vivre l'illumination.

— Le guichet a dû la gober ! Meeeeerde. Qu'est-ce que je vais faire ?

Sara tape sur l'écran pour tenter de le ramener à la vie, sans succès. Malheureusement, aucun move de karatéka ne peut régler ça. Je gosse après le guichet à mon tour, mais, étant donné son manque de collaboration, la résignation ne tarde pas à triompher.

— Ça fait chier !
— Tu as encore ta carte de crédit pis je vais te prêter de l'argent. Tout va être correct, Marje.
— Ouin, ok. Une chance que t'es là.
— Plaisir. Astheure, viens-t'en, ma pauvre amie, que je te paye une grosse crème glacée. Assez de sueurs froides pour aujourd'hui.

...

J'ai compris que Sara était mon amie pour le meilleur, et pour le pire aussi, quand on a tenté de tenir tête à l'autorité en troisième secondaire, vers la fin de l'année scolaire. Ce n'était pas tant qu'on était des rebelles – c'était surtout qu'un mouvement de contestation était né quelques semaines plus tôt quand la direction avait renvoyé chez elle une élève qui portait des bretelles spaghetti. Dans les corridors de l'école, à la cafétéria et dans l'autobus scolaire, tout le monde ne parlait que de ça. La colère a grondé et une révolte a fini par s'organiser. Un groupe de filles de cinquième secondaire avaient décidé de frapper un grand coup avant le début des examens de fin d'année: elles se présenteraient toutes à l'école en bretelles spaghetti pour contester l'ordre établi. Je le savais parce que ma voisine, qui avait l'habitude de monter dans l'autobus devant chez nous tous les matins, était l'une d'elles et qu'elle m'avait invitée à participer à la protestation.

— Pense à toutes celles que ça va aider, Marjorie. Ils pourront pas nous faire taire, on va être trop nombreuses. C'est l'avenir de centaines de filles qui est en jeu.

L'engagement de ma voisine me paraissait un brin intense, n'empêche qu'elle avait raison. J'en ai parlé à Sara, qui a fini par accepter. Il faut dire qu'elle se sentait nouvellement militante depuis qu'un responsable de la vie étudiante lui avait demandé de tirer sur ses shorts parce qu'ils étaient trop courts... Il ne comprenait visiblement pas que c'était Britney Spears qui imposait cette mode, avec ses tailles basses et ses shorts à cuisses découvertes.

Le fameux Jour de la libération de l'épaule dénudée a fini par arriver. Dès que la cloche a sonné, on s'est regardées, Sara et moi, pour se donner le courage d'agir. Quand le prof de français s'est tourné vers le tableau, on a enlevé nos vestes dans un élan de protestation. C'était gênant, parce qu'on était apparemment les deux seules filles de la classe à avoir eu le mémo. Tout le monde nous dévisageait avec incompréhension – ou du moins, c'est l'impression que j'avais. Je me tenais droite sur ma chaise pour éviter de me laisser intimider par l'atmosphère, m'encourageant avec l'idée que si Rémi Petit me voyait, il me croirait sûrement bad ass. Sara, elle, semblait vouloir se cacher sous son bureau, surtout que Julie Nadeau venait de lui dire tout bas qu'elle allait se faire avertir. Mais on n'a pas eu le temps d'être contestataires trop longtemps. La cloche venait à peine de sonner que le directeur adjoint de notre niveau a passé sa tête dans l'embrasure de la porte de la classe et nous a fait signe.

— Vous deux, vous venez avec moi.

Je me sentais un peu moins confiante, tout à coup. On a suivi le directeur, l'air penaud, en se demandant si la situation dans laquelle on venait de se plonger allait nous mettre dans le trouble. Quand on est entrées à l'auditorium, l'endroit où les contestataires étaient amenées, on s'est senties petites dans nos bermudas – en règle, ceux-là. Le directeur a donné le choix à la poignée de filles rassemblées : soit on se couvrait et on retournait dans nos cours, soit ils appelaient nos parents et on était privées de pas mal toute pour pas mal longtemps.

— Tu veux faire quoi, Sa ? Moi, je vais te suivre.

Je me suis penchée vers mon amie, qui avait l'air sur le point de pleurer. Probablement qu'elle pensait à tous les méritas qui risquaient de lui échapper. Au final, pourtant, c'était plus la perspective d'être privée de la sortie de fin d'année qui la chamboulait :

— Moi, j'ai vraiment envie d'aller à La Ronde. Surtout qu'ils viennent juste d'inaugurer l'Orbite pis que ç'a l'air le fun. As-tu vu la pub à la télé ? Tu tombes de vraiment haut ! C'est certain que mes parents voudront pas y aller cet été. Ils haïssent ça, conduire à Montréal. Sauf que je veux pas brimer tes convictions, là...

Autour de nous, les filles commençaient à remettre leurs vestes. Cédant à la pression, on a décidé de suivre le mouvement nous aussi. Le Jour de la libération de l'épaule dénudée a confirmé qu'on n'était pas de grandes rebelles, mais qu'au moins, on ne se laisserait jamais tomber dans l'adversité.

SARA

Dans la file de voyageurs rassemblés pour profiter du souper gratuit en ce mardi soir à l'auberge de jeunesse, j'en profite pour serrer mes omoplates malmenées toute la journée par mon sac en bandoulière, jusqu'à ce qu'un craquement libérateur dans mon dos se fasse entendre. Je n'ai pas cru bon de voyager léger, traînant à la fois le guide de voyage ultra lourd et une bouteille d'eau format géant, avec pour conséquence un résultat mitigé : me voilà aussi déboîtée qu'hydratée.

Heureusement, je sens le stress de fin de session se dissoudre de plus en plus. Ce matin, j'ai eu l'impression que mes épaules étaient moins hautes et mes pas plus lents. La boule dans mon ventre, énorme à mon arrivée ici, disparaît à mesure que je trouve mes repères. Mon plus gros stress consiste désormais à me demander ce que j'ai envie de faire de mes journées et ce que je vais manger – et ce soir, c'est spécial paëlla. C'est Claudia, l'Américaine qui occupe le lit en dessous du mien dans le dortoir, qui m'en a parlé ce matin pendant qu'on gérait l'éternel ballet du « je vais tasser ma valise une couple de minutes pour te permettre d'accéder à ton casier parce que c'est vraiment petit ici dedans ».

Après avoir passé les derniers jours à explorer différents coins de la ville et à se suffire à nous-mêmes, Marjorie et moi, il nous prend ce soir des envies de socialiser. C'est pourquoi on se retrouve à se servir une généreuse portion de riz collant, où les petits pois verts décongelés essaient de compenser les fruits de mer quasi absents. On avance dans la salle à manger, assiettes en main et avec l'impression d'être de retour dans la cafétéria de notre école secondaire. On n'est plus des ados, mais c'est tout comme tellement la mise en scène nous ramène des souvenirs pleins de malaise. Malgré nous, on étudie les sièges vides en nous demandant où on a le droit de s'asseoir. Un regard suffit pour détecter le groupe des cool, celui auquel nous n'avons jamais osé rêver d'appartenir. Ici, il consiste en quelques voyageurs aussi beaux que bruyants, qui semblent déjà sur le party. Pas question qu'on ose s'approcher d'eux avec notre manque de confiance en nous et nos bronzages inégaux. On décide finalement de prendre place à un siège de distance de Claudia, qui est en grande conversation avec son amie Jessica. C'est un bon compromis entre se montrer sociables et s'imposer dans la bulle des autres. On n'a pas le temps de se mettre à l'aise, que Claudia nous fait signe de nous rapprocher. Entre deux bouchées de paëlla qui goûte le fond de poêlonne, on sympathise. Parce que c'est aussi simple que ça, de créer des liens en voyage !

On apprend avec beaucoup trop de détails que les deux amies, qui séjournent en Europe depuis septembre pour leurs études et qui sont en vacances à Barcelone depuis une semaine, ont abouti complètement par hasard sur une plage nudiste plus tôt aujourd'hui et qu'elles se sont pris des coups de soleil à de drôles d'endroits. On est en train de leur raconter notre après-midi impliquant aussi de la nudité, sur toile au musée de Picasso dans notre cas, quand l'une des filles du groupe des cool demande l'attention de tout le monde en se levant sur sa chaise. Jusqu'ici, je la connaissais comme « celle qui a essayé de se ramener un gars random dans le dortoir l'autre soir », mais j'apprends qu'elle s'appelle Whitney. Et Whitney a un message important, alors on l'écoute.

— Je connais un gars qui pourrait nous faire faire une tournée des bars ce soir. Qui est intéressé à sortir?

Pour nous prouver qu'elle est prête à faire le party, Whitney sort deux bouteilles d'alcool. Shooter pour tous ceux qui se joindront à la joyeuse tournée! L'annonce plaît à Claudia et Jessica, qui en sont à leur dernière soirée ici avant de se rendre à Madrid. Elles parlent déjà d'une soirée épique, même si elle n'est pas encore commencée. J'interpelle Marjorie à travers le chaos provoqué par l'annonce.

— Ça te tente-tu? Ça pourrait être le fun!

— C'est même pas une question!

Les mains ne tardent pas à se lever et les shooters à se verser. Un employé de l'auberge intervient pour nous demander de sortir si on veut fêter. En moins de temps qu'il n'en faut pour digérer l'indigeste paëlla, on se retrouve sur le trottoir devant l'auberge avec une vingtaine d'autres voyageurs en quête de sensations fortes. On s'en va peut-être juste boire de l'alcool, mais une drôle de frénésie m'envahit.

Alors qu'on marche vers le premier bar, une mise en garde s'impose.

— Marje, si ça dégénère ce soir pis que tu me vois monter sur un speaker, laisse-moi pas aller.

— D'accord, sauf que t'es pas facile à convaincre dans ce temps-là, Sara. T'sé, quand le feu de la danse s'empare de toi...

— Je sais, mais tu te souviens comment ç'a fini la dernière fois, au La Tulipe?

C'était il y a environ un mois. On était sorties un vendredi soir rue Papineau à Montréal, pour fêter l'anniversaire de Marjorie sur le meilleur des chansons des années 1990. Lorsque le DJ avait mis *Barbie Girl* de Aqua, une de ses amies d'université avait décidé de monter sur un haut-parleur pour vivre le moment. Elle m'avait invitée à la rejoindre pour chanter en duo, et à cause de mes quelques consommations, j'avais cru que c'était une bonne idée. Sauf que mes souliers à semelles de caoutchouc sans adhérence m'avaient donné toute une frousse quand j'avais glissé sur la flaque de bière qui s'était formée à mes pieds parce que je swinguais trop mon verre en dansant... Dans l'humiliation la plus totale, je m'étais accrochée à un gars de six pieds qui se tenait à proximité comme on s'accroche à la vie.

— Ok, je te promets que je te garde à l'œil.
— Merci !

Le premier bar où on atterrit propose une ambiance un peu moche parce qu'il est encore tôt pour la vie nocturne de Barcelone, bien qu'on comprenne vite l'attrait de la place :

— Ici, les shooters sont vraiment pas chers. Profitez-en, nous conseille l'ami de Whitney.

Dans les minutes qui suivent, Marjorie et moi, on s'enfile deux verres format mini d'un liquide transparent non identifié. D'un coup, j'ai l'œsophage en chaleur et la fraternisation facile. Je rejoins une partie du groupe sur la piste de danse. Les cool et les pas cool se mélangent au son de la musique techno crachée par les haut-parleurs. Toutes ces personnes, qui ne se seraient probablement jamais parlé en dehors de cette tournée des bars, sont maintenant réunies au même endroit, en cet instant précis et sous un unique prétexte : danser sur de la musique qui ne se danse pas grâce à l'alcool à bas prix qui commence à faire son effet et ramollit les corps autant que la gêne. Je me sens belle et confiante dans mes nouveaux vêtements achetés la veille sur un coup de tête ! Comme les tendances en Europe sont toujours en avance sur celles de l'Amérique du Nord – c'est Roxane, l'amie et future coloc de Marjorie, qui nous l'a appris –, je vais être à la mode pendant deux années de suite plutôt qu'une. Je me déhanche dans mon nouveau chandail à fleurs et mes pantacourts bruns quand un gars qui n'est pas de notre groupe s'approche de moi en dansant. Je flaire la tentative de flirt, alors pour ne pas lui donner de faux espoirs, je me tourne pour lui faire dos. Lui, plutôt que de saisir le message, décide de se déplacer pour me faire face, emplissant mon champ de vision de sa personne. Là, je comprends pourquoi la stratégie proposée par Marjorie en deuxième secondaire avait réduit à néant mes chances avec Simon Fréchette et Le PH: c'est juste vraiment gossant. Désireuse de me débarrasser de cet inconnu particulièrement envahissant, je lui sors la réplique qui a d'habitude le pouvoir de décourager les gars dans son genre:

— *Sorry, I have a boyfriend.*

Le gars ne paraît comprendre ni l'anglais ni mon manque d'intérêt, puisqu'il continue de me tourner autour. Une tignasse frisée bondit devant moi. C'est Marjorie qui arrive à ma rescousse. Elle me glisse à l'oreille:

— C'est un collant, lui. T'es-tu correcte?

— Ça va. S'il pouvait juste me faire l'honneur de me crisser patience, ça irait encore mieux.

— Je m'en occupe.

On danse ensemble assez longtemps pour que le gars décide de battre en retraite. Il faut dire que les mouvements de type «moulin à vent» de Marjorie auraient découragé n'importe qui de s'approcher.

— Merci!

— Plaisir! Je suis là pour ça, t'sé!

Deux chansons plus tard, le leader du groupe décrète que c'est le last call pour les shooters avant qu'on change d'endroit. On s'en enfile deux autres. C'est un peu chaudasses qu'on marche bras dessus, bras dessous jusqu'au prochain bar, en ricanant lorsque nos pieds, qui ne veulent plus marcher droit, s'accrochent dans les pierres inégales du trottoir. Le groupe, qui se déplace en titubant, est particulièrement bruyant et festif. Tout le monde parle à tout le monde, lié par les liens magiques de l'alcool fort.

Le deuxième bar est plus rempli que le premier. On y passe même de la musique avec des vraies paroles, bien que réchauffées comme on l'est, on danserait sur à peu près n'importe quoi. Dans le feu de l'action, on se commande un verre de sangria décoré d'une cerise et d'une tranche d'orange embrochées sur une petite épée en plastique. On est en train de s'affronter dans un combat d'armes miniatures quand Rhiannon, l'une des filles du groupe qui a connu la même frayeur que nous quand un rat a frôlé ses gougounes dans la rue tout à l'heure, s'approche du bar avec deux de ses amis, ce qui nous amène à faire la connaissance de Kirsty, une grande blonde au look un peu bohème, et de Shaun, un surfeur qui partage un air de famille avec le regretté Heath Ledger. Après les présentations, Shaun nous pose la question qui sert d'entrée en matière à tous les voyageurs qui se rencontrent pour la première fois :

— D'où vous venez, les filles ?

Je lui réponds qu'on est arrivées de Montréal il y a quatre jours et qu'on est ici pour deux semaines. À son tour, il me raconte son histoire : il a laissé sa job en Australie pour voyager pendant quelques mois, il a rencontré Rhiannon et Kirsty dans une auberge de jeunesse en Thaïlande, et depuis, ils bourlinguent ensemble tous les trois. Juste pour voir le monde, comme le chante si bien La Chicane, quoique ce soit une référence qu'ils ne comprendraient pas. Bref, un coup de foudre amical entre un gars de Perth, une fille de Brisbane et une autre de Melbourne. Je fais semblant de savoir où c'est en Australie, tout en me promettant de me garrocher sur une carte du monde en rentrant à l'auberge de jeunesse, si je me souviens encore de cette conversation après le dernier bar.

J'en suis à prendre une gorgée de mon verre quand j'entends les premières notes d'une chanson que je connais bien. Les yeux de Marjorie s'agrandissent : elle a reconnu la toune, elle aussi. On se demande l'instant d'une seconde si on ne rêve pas : est-ce vraiment possible qu'un DJ espagnol ait mis une chanson populaire de l'époque où, pour surfer sur Internet, il fallait se connecter à un modem qui émettait un grincement d'enfer ? « *Let's Go, Girls!* », s'écrie Shania Twain dans les haut-parleurs du bar. Il n'y a aucun doute possible.

— Vite, Sara, vite !

Elle m'agrippe par le bras et, ensemble, on traverse l'endroit au pas de course en s'excusant à tous ceux qu'on accroche au passage. C'est notre faute, sans l'être vraiment, puisque la situation exige qu'on atteigne la piste de danse le plus rapidement possible. *Shania is going out tonight, she's feeling all right* et nous aussi. Rhiannon et Kirsty finissent par nous rejoindre, un peu étonnées de voir ce que cette vieille chanson provoque chez nous. Je sautille et me déhanche jusqu'aux toutes dernières notes, en dépit de ma sacoche à bandoulière et à ganse trop longue qui gêne mes mouvements. Kirsty le remarque et m'indique le coin sombre où s'entremêlent sacoches, sacs, vestes et coupe-vent.

— La mienne est là-bas. Y'a pas de danger, Shaun les surveille.

Pas que je ne fasse pas confiance à un gars que j'ai rencontré il y a à peine vingt minutes et qui semble plus occupé à boire une pinte en jasant qu'à jouer les gardiens, mais avant de déposer mon sac sur la pyramide d'effets personnels, je prends ce qui est le plus important: mes cartes et mon argent. C'est là que j'aperçois un papier collé à ma carte de crédit. Je pense qu'il s'agit d'une facture jusqu'à ce que je remarque qu'en réalité, c'est un Post-it. Un bonhomme souriant est dessiné à la main au recto. Au verso est noté un court message:

Monsieur Post-it avait envie de voir l'Europe lui aussi. Je n'ai pas pu lui refuser ça.

Le message a beau ne pas être signé, je reconnais l'écriture de Sébastien. Il a dû le glisser dans ma sacoche le matin avant que je prenne l'avion. Je lui avais avoué que même si j'avais hâte de partir en voyage avec Marjorie, j'étais un peu nerveuse à l'idée de m'éloigner de la maison pendant deux semaines. Ce n'était pas l'aventure qui m'effrayait, plutôt la peur de ne pas être capable d'en profiter pleinement si j'en venais à m'ennuyer de lui. Seb avait trouvé les bons mots pour dissiper mes craintes: il m'avait dit de m'amuser et de ne pas trop penser au reste. Qu'il serait là pour m'accueillir à mon retour. Sa petite attention sur papier jaune me fait du bien. Le sourire fendu jusqu'aux oreilles, j'enfouis le dessin dans ma poche arrière de pantacourt avant de rejoindre la piste de danse. Mieux vaut l'imbiber de ma sueur de fesse que de risquer de l'égarer.

• • •

Notre secondaire a été marqué par quelques partys mémorables, dont celui qui s'était déroulé dans une cabane à sucre perdue au fond des bois à l'hiver 2003. C'est Josianne Villeneuve, l'une des filles du comité du bal des finissants, qui avait lancé l'idée d'organiser un party pour financer notre après-bal. Un de ses oncles possédait une cabane à sucre et il acceptait de nous la louer à moindre coût le temps d'une soirée, avant la saison des petites crêpes dans le sirop. C'était un samedi soir du mois de février. La mère de Marjorie avait insisté pour nous reconduire afin qu'on puisse bien profiter de cette soirée à tendance alcoolisée. Dans sa grandeur d'âme, elle nous avait déposées de bonne heure pour ne pas manquer le début du film *Mon fantôme d'amour*, qui jouait à TVA ce soir-là à 20 h. Son rendez-vous annuel avec Patrick Swayze et Demi Moore était indétrônable.

— Je pense qu'on est dans les premières arrivées.

— C'est pas mal mort, effectivement.

Josianne nous a accueillies avec de la broue dans le toupet. On l'a aidée à tasser les tables en bois massif au fond de la salle à manger et à aligner les chaises le long du mur.

Petit à petit, les gens ont commencé à se pointer. C'était quand même particulier de voir autant de monde de l'école réuni au même endroit, mais dans un contexte complètement différent. N'empêche que certaines choses ne changeaient pas – comme la clique des filles populaires qui ne parlaient à personne d'autre, formant un cercle autour de leurs sacoches en baguettes, ou encore les fumeurs qui sortaient tirer une couple de puffs dehors sans manteau parce que c'était trop long ou pas assez cool de l'enfiler.

Marjorie insistait pour qu'on ne se tienne pas trop loin de la porte principale pour ne pas rater l'arrivée de Rémi Petit.

— Je vais t'avertir si je vois Seb entrer.

— Pourquoi tu dis ça ?

— Tu te dévisses la tête depuis tantôt.

— Ben non. Je fais juste regarder qui est là. Pis la déco. Les poutres en bois sont vraiment belles. Les raquettes en babiche aussi. Ça fait rustique.

— C'est ça, oui.

J'ai pris une gorgée de ma bière pas particulièrement bonne, mais qui me donnait l'air de faire quelque chose d'autre que de zieuter la porte moi aussi. Sébastien m'avait dit qu'il viendrait faire un tour après la fin de son shift à l'épicerie, où il était emballeur. Avec ou sans Noémie, ça restait à voir. Ils étaient collègues de travail depuis le temps des fêtes, Noémie ayant décroché un poste de caissière au même endroit. Déjà que je ne la portais pas dans mon cœur, ça s'était amplifié depuis qu'elle tournait autour de Seb plus que jamais.

J'en étais rendue à ma troisième bière quand une Carolanne Giroux profondément surexcitée s'est approchée du groupe de filles avec qui on dansait.

— Xavier Perreault et Mélanie Dufour sont en train de frencher dehors !

C'étaient les deux responsables du bulletin d'info hebdomadaire diffusé dans toutes les classes de l'école le lundi matin. Malgré une complicité radiophonique évidente, rien ne laissait présager qu'ils pouvaient un jour frencher. Moi qui avais pourtant une sorte de radar pour ces affaires-là, je ne l'avais pas vue venir.

— Quoi ?!

Nous voyant toutes réunies autour de Carolanne, d'autres curieuses se sont approchées. Karine Fafard, toujours en retard de cinq minutes sur tout le monde depuis le début du secondaire, a redemandé :

— Qui pis qui ?

Carolanne a répété l'information en parlant vraiment fort pour essayer d'enterrer Nelly et Kelly Rowland qui vivaient leur *Dilemma* à plein volume.

— Xavier Perreault et Mélanie Dufour. En arrière de la grange. C'est Alexandre qui les a vus !

Anne-Julie Turcotte s'est exclamée :

— Ben là. Faut aller voir ça !

On est tous sortis en trombe. On a dépassé les poteux, qui se sont sentis envahis tout d'un coup, pour contourner la grange du mieux qu'on le pouvait à cause de la neige accumulée. Une fois derrière, on ne bénéficiait plus de la lumière de la cabane à sucre. Mes yeux tentaient de s'habituer à la noirceur.

— Marjorie, t'es où? Je te vois pas.

— Je suis pas loin. Suis le son de ma voix.

Une personne tout près s'est mise à hurler comme un loup, jusqu'à ce que la voix de Karine Fafard perce l'obscurité :

— Quelqu'un voit quelque chose?

J'avais froid et mes pieds étaient enneigés. Si Xavier Perreault et Mélanie Dufour étaient là, on n'avait aucun moyen de distinguer leur présence. Soudain, un faisceau de lumière de lampe de poche nous a aveuglés.

— Eille, les jeunes, qu'est-ce que vous faites là?

On s'est mis à crier, pensant que quelqu'un venu du fond des bois voulait notre peau. Marjorie, dont la vision nocturne était à l'évidence meilleure que la mienne, m'a agrippé la main et on a couru dans le sens contraire du faisceau, jusqu'à ce qu'on se prenne les pieds dans un banc de neige et qu'on tombe. Le faisceau n'a pas mis de temps à se rendre à notre hauteur. Finalement, c'était l'oncle de Josianne qui nous avait vues partir en courant et qui voulait s'assurer qu'on était correctes.

— Il fait noir. C'est pas une bonne idée de vous aventurer dehors.

— Désolé, Jacques.

On l'a suivi, l'air penaud, jusqu'au stationnement. Là-bas, un visage familier se tenait près de l'entrée de la cabane : le toujours très attirant Sébastien Simard, encore plus attirant étant donné que Noémie n'était nulle part en vue.

— Hey, Sara! Qu'est-ce qui s'est passé?

Il a pointé mes jeans couverts de neige.

— On a eu envie d'une marche dans le bois.

J'étais trop gênée de lui avouer qu'on s'était embourbées en voulant voir du monde frencher. Je me suis penchée pour enlever la croûte de neige de mes bottes, parce qu'elle commençait à mouiller mes bas. Quand je me suis relevée, un gars se tenait désormais à côté de Seb. Il ne venait pas à l'école avec nous, même si j'avais l'impression de l'avoir déjà vu quelque part... Lui m'a saluée comme si on se connaissait depuis toujours :

— Salut, Sara ! Ça fait longtemps !

— Eille, oui ! Toi, ça va ?

— Super bien ! Et toi ?

— Vraiment bien aussi !

Dans le doute, j'avais opté pour une conversation générique pour ne pas causer de malaise. L'inconnu s'est empressé de se présenter à Marjorie avec le même enthousiasme :

— Salut ! Moi, c'est Gabriel !

Gabriel ? Je me suis tournée vers Sébastien qui, voyant le vide dans mes yeux, a éclairci le mystère. Il m'a glissé tout bas à l'oreille :

— Tu te souviens de Proton ? C'est chez lui qu'il y a eu le party scientifique l'année dernière.

Ç'a ravivé des affaires dans ma tête – c'était le party d'où je m'étais sauvée parce que ça m'était insupportable de voir Noémie cruiser Seb devant moi, la veille de mon entrevue chez Pentagone, le magasin de vêtements où je travaillais. Je ne sais pas si c'était la faute de ce souvenir désagréable ou de mes pantalons mouillés, mais je me suis mise à grelotter. Seb a proposé qu'on rentre pour que je me réchauffe. J'allais inviter Marjorie et Gabriel à nous suivre, quand je me suis aperçue qu'ils étaient trop occupés à faire connaissance. Mon amie semblait tellement obnubilée par la présence de ce nouveau garçon que si Rémi Petit était arrivé au même moment, elle n'aurait pas bronché. Sébastien a sorti de son sac les consommations qu'il avait achetées à l'épicerie avant de s'en venir.

— Veux-tu quelque chose à boire ?

— Ouais. Qu'est-ce tu as ?

Il m'a laissé le choix entre une Smirnoff Ice et un Bacardi Breezer. J'ai opté pour le deuxième. J'étais incapable de boire de la Smirnoff depuis le party chez Mylène Boisjoli, l'année dernière, où j'avais vomi sur les souliers de Seb. Lui s'est ouvert une cannette de Coke à la vanille parce qu'il conduisait. Beau et responsable – bien que manifestant parfois des goûts douteux en matière de boisson. On se tenait l'un devant l'autre, un peu gênés, comme si on ne savait pas de quoi parler. J'ai proposé, pour casser la glace :

— On s'assoit ?

— Bonne idée.

On a pris place sur un banc en bois disposé un peu plus loin.

— J'ai oublié de te demander... Qu'est-ce qu'il fait ici, Proton ?

— Sa sœur a dû l'inviter.

— Sa sœur ?

— Gab, c'est le frère de Josianne.

— Aaaaah ! Je comprends maintenant. En tous cas, Marjorie semble vraiment contente de sa présence.

Marjorie et Gabriel s'étaient frayé un chemin jusqu'à l'intérieur de la cabane, pas du tout pressés de nous rejoindre. Ils discutaient avec entrain près de la piste de danse improvisée, leurs éclats de rire perçant la musique d'ambiance.

— Il est bien mieux de pas briser le cœur de mon amie, lui.

— Inquiète-toi pas. Gab, c'est un bon gars. Mais Marjorie est pas full en amour avec Rémi Petit ?

— Ça dépend des jours. La plupart du temps oui, mais ce soir, clairement pas.

Un petit silence s'est installé, laissant poindre en nous nos propres sentiments inavoués. Plutôt que de m'engager sur cette pente glissante, j'ai préféré changer de sujet. Seb a eu la même idée, apparemment, parce qu'on s'est mis à parler tous les deux en même temps :

— C'était-tu le fun à la job tantôt ?

— As-tu besoin que je te donne un lift ce soir ?

On a ri de nervosité, puis je lui ai fait signe de commencer.

— Je peux te ramener, si tu veux. Ça me ferait plaisir.

— Je dors chez Marjorie.

— C'est pas un gros détour.

— Ben oui, dans ce cas.

— Cool !

— Cool.

Seb m'a adressé un sourire timide qui s'est rapidement transformé en une grimace tordue.

— Shit !

Il s'est levé d'un bond. En trois enjambées, il a traversé le plancher de danse pour se diriger vers un tas de manteaux éparpillés par terre. Je l'ai suivi sans trop savoir ce qui se passait. Au milieu de ce fouillis émergeait Gabriel, prisonnier d'un panache d'original – le genre qui avait fini sa vie sur un mur, vissé à une plaque de bois. La faute de l'accident revenait aux quelques personnes qui avaient eu l'idée d'accrocher leur manteau au trophée de chasse. Sous le poids des vêtements, celui-ci s'était décroché pour atterrir directement sur le pauvre Gabriel, qui se tenait au mauvais endroit au mauvais moment. Heureusement, les manteaux l'avaient protégé, en quelque sorte, en amortissant la chute du mastodonte au faciès poilu. Il n'y avait de meurtri que son ego. Josianne est arrivée alors que Seb aidait Gabriel à se relever. Elle lui a fait une accolade dans un élan spontané, un geste qui a momentanément chassé les étoiles des yeux de Marjorie pour les remplacer par des éclairs.

— Inquiète-toi pas, la sœur. Ça va.

En découvrant le lien familial qui ne menaçait finalement pas ses chances avec Gabriel, la joie a repris du service chez Marjorie. Le sourire qu'elle s'est raccroché dans le visage ne l'a pas quittée de l'heure qui a suivi. On a eu le temps de boire deux autres drinks sucrés avant que s'achève le party et que les gens commencent à partir. Ensuite, on est embarqués tous les trois dans Gros Citron, la voiture de Seb surnommée ainsi en raison de ses nombreux problèmes mécaniques, malgré son achat encore récent. Il nous a déposées comme prévu chez Marjorie. Gabriel était resté à la cabane pour discuter avec son oncle et donner un coup de main à sa sœur avec le ménage. La mère de Marjorie, qui dormait sur le divan quand on est rentrées, a fini par aller se coucher en nous souhaitant une bonne soirée. Debout devant le poêle en train de manger un reste déniché dans le frigo et éclairées par la seule lumière de la hotte, on jasait en essayant de chuchoter.

— Y'est cute le frère de Josianne.

— Pauvre lui, pareil. Penses-tu qu'il m'a trouvée cool?

— C'est sûr.

Marjorie pouvait difficilement cacher son excitation. Ce n'était très certainement pas le reste de salade de macaronis qui lui faisait autant d'effet.

— Je t'ai pas vue sourire de même depuis longtemps. Tu devrais sortir avec lui.

Marjorie a laissé échapper un petit rire.

— Comme si c'était aussi facile que ça! Tu le sais toi-même! Depuis trois ans, j'attends que Rémi s'intéresse à moi.

— Sauf que Rémi, la seule personne qui l'intéresse, c'est lui-même.

J'ai tout de suite regretté mes paroles, même si c'était vrai. Il avait torturé le cœur de mon amie pendant assez d'années pour que je me le permette.

— S'cuse. C'est sorti tout seul.

Marjorie n'a pas paru trop insultée.

— C'est correct. De toute façon, je pense pas avoir vraiment des chances avec Gabriel. Après l'affaire du panache, il évitait full mon regard.

— Il était sûrement gêné. Ça réussit à personne de se faire assommer devant tout le monde en plein party. Si c'était moi, j'aurais été morte de honte.

— Ouin, vu de même.

Elle est partie dans sa tête pendant quelques secondes pour revenir un peu sur la défensive.

— En plus, il étudie au cégep à Trois-Rivières. C'est clair que je le reverrai jamais.

— C'est un ami de Seb. Il risque pas de disparaître dans la brume.

— J'ai déjà de la misère à sortir avec un gars qui habite ici. Faque une relation à distance…

Son argument sonnait comme une armure de protection pour cœur fragilisé par des années de niaisage, et avant même que j'arrive à répliquer, elle a continué :

— Anyway, on déménage à Montréal dans quatre mois. On verra pas Seb aussi souvent, vu qu'il reste ici. C'est mort d'avance, cette histoire-là.

Elle s'est mise à calculer sur ses doigts pour s'assurer du compte, pendant que mon cœur chavirait un peu à l'idée de ne bientôt plus voir Seb.

— Mars, avril, mai, juin. C'est ça. Quatre mois.

Sa logique implacable a mis fin à la conversation. On a volé un sac de biscuits au chocolat dans le garde-manger avant de rejoindre sa chambre. Sa mère avait préparé un matelas gonflable pour moi, au pied de son lit. Quant à Marjorie, elle n'a pas mentionné le nom de Rémi Petit du reste de la soirée, ce qui, à mon sens, voulait tout dire. Elle ne semblait pas convaincue de la possibilité de développer quelque chose avec Gabriel, même si je savais que leur rencontre l'avait troublée plus qu'elle ne voulait le laisser paraître. Depuis le temps, je savais reconnaître une Marjorie aux sentiments perplexes. Et celle que j'avais devant moi venait de vivre quelque chose de fort. Très fort. Elle n'était juste pas encore capable de se l'avouer.

MARJORIE

Les yeux fermés et le haut du corps effoiré sur le bureau du café Internet, je me remets tranquillement de ma soirée d'hier pendant que Sara tape du clavier à côté de moi. Mes cheveux sentent la vieille cigarette et ça me lève le cœur. Déjà qu'il est fragile en raison du mélange shooters, cocktails et bières que je me suis enfilé parce que j'avais un peu trop de fun, il a du mal à s'habituer au fait qu'ici, tout le monde fume encore dans les bars et les restaurants. Je me serais lavé la tête dès mon réveil, si ce n'était du fait qu'un co-chambreur malveillant m'avait dérobé ma bouteille de shampoing pour cheveux frisés, ce qui m'a fait sombrer dans le misérabilisme. Sara, qui a mieux respecté que moi la règle du verre d'eau entre chaque consommation, pète un peu plus le feu. Le Post-it de Seb lui a donné des idées pour ce matin. Même si on s'est couchées en même temps que le lever du soleil après avoir écumé deux autres bars, elle tenait absolument à passer ici pour lui écrire. Quand elle a découvert qu'il avait en plus pris le temps de lui envoyer un message la veille pour lui dire qu'il pensait à elle, elle était d'autant plus motivée.

— Je trouve pas l'accent grave sur le clavier espagnol. Sais-tu y'est où ?

Déjà que Sara ne battait pas des records sur Tap'Touche au secondaire, le clavier espagnol et ses accents lui donnent du fil à retordre. Cinq minutes viennent de s'écouler et elle n'a même pas encore écrit deux lignes.

— As-tu bientôt fini ? J'ai vraiment besoin de boire quelque chose.

— Laisse faire, je viens de le trouver. Ils vendent des affaires au comptoir, je pense.

La tête penchée sur le clavier, elle ajoute :

— Je me dépêche. De toute façon, il me reste juste six minutes au compteur.

Je traîne mon corps jusqu'à l'accueil, où je commande un jus d'orange en bouteille à l'employé occupé par un jeu vidéo. À l'un des postes d'ordinateur, un gars, écouteurs sur les oreilles, entame sa quatrième cannette de Red Bull. Je me rassois à côté de Sara, qui s'est finalement décidée à écrire, malgré une orthographe et une syntaxe qui laissent à désirer. Je descends mon liquide vitaminé d'une traite. Ça va déjà un peu mieux. Sara lâche un énorme soupir au bout d'une intense séance de pitonnage.

— Bon, c'est envoyé. J'ai pas écrit tout ce que je voulais parce que j'étais en train de pogner les nerfs après le clavier, mais au moins, Seb va savoir que je suis en vie.

— Ce qui est quand même une bonne nouvelle.

Elle se lève de sa chaise, prête à partir. Je la suis. Alors qu'on pousse la porte du commerce pour renouer avec l'air frais et qu'on rejoint la rue, elle me demande subitement :

— Sais-tu à qui je pensais, hier ?

— Faut-tu vraiment jouer à ce jeu-là à matin ?

Heureusement, elle décide de m'épargner d'une devinette dont elle seule connaît la réponse.

— Proton !

— Proton ? Tu veux dire Gabriel ?

— Ouais !

— Qu'est-ce qui se passe avec lui ?

— Justement. Qu'est-ce qui se passe avec lui ? Hier, quand on était au bar, le deuxième ou le troisième, je sais pus, c'est flou dans ma tête, on a entendu une chanson qui m'a fait penser au party de cabane à sucre en secondaire 5. T'en souviens-tu ?

— Du party ?

— Ouais ! Y'était parfait pour toi ce gars-là ! Faudrait que je demande à Seb ce qu'il devient.

Mon histoire avec Gabriel s'était arrêtée avant même d'avoir commencé. Après le fameux party, je m'étais concentrée sur Rémi, que je considérais comme ma seule chance d'avoir une relation amoureuse à distance raisonnable. Sauf qu'après le rejet soudain de sa part, quand il a refusé de m'accompagner au bal de finissants, j'étais déterminée à arriver à Montréal le cœur libre de tout ce qui avait pu me hanter pendant mon secondaire. Le souvenir de Gabriel, intense quoique bref, était donc passé dans le tordeur avec le reste. Nouvelle vie en ville, nouvelles possibilités. Je n'avais pas vraiment repensé à lui, si ce n'était qu'il y a quelques mois, après ma rupture avec Luis. J'étais inscrite depuis peu sur Facebook quand Josianne m'avait ajoutée à l'époque où elle essayait de retrouver le plus d'anciens possible pour organiser un éventuel conventum. J'avais parcouru sa page par curiosité et j'étais tombée sur le profil de Gabriel. Mon cœur s'était mis à battre plus vite devant sa photo de profil. C'était la première fois que je le revoyais depuis la cabane à sucre et son sourire me faisait de l'effet, même en photo. J'avais songé à l'ajouter à mes amis, puis je m'étais retenue. J'avais pourtant fait des demandes à plein de monde de mon primaire que je n'avais pas revu depuis des années sans me poser trop de questions. Dans son cas par contre, c'était différent. J'avais peur qu'il me trouve intense ou bizarre. On s'était quand même juste parlé une fois dans notre vie... Et s'il ne se souvenait même pas de moi? Ce serait beaucoup trop gênant! Sans compter que j'étais arrivée à un point de ma vie où j'étais tannée d'aimer du monde dans le vide. Je voulais quelque chose de vrai.

La voix de Sara me sort de ma rêverie:

— Faque, qu'est-ce que t'as le goût de faire aujourd'hui?

— À part raviver le passé, tu veux dire?

— Mettons.

— Marcher. Quelque part. Revivre après ma cuite d'hier.

— Ça me va.

La ville nous est plus familière maintenant qu'on la sillonne depuis des jours. On laisse nos pas nous mener jusqu'à un square, où on salue au passage les étranges gargouilles qui montent la garde du haut des murs en pierres. Au milieu de la place, des personnes âgées se tenant la main pour former un immense cercle exécutent une danse traditionnelle. On s'arrête comme des dizaines d'autres touristes pour les regarder danser, accompagnés par des musiciens assis dans les marches qui mènent à l'église. J'en profite pour tourner une petite vidéo souvenir me mettant en vedette, en espérant que ma face soit cadrée correctement dans l'objectif.

— Je suis présentement à Barcelone, dans un square dont je sais pas le nom. C'est grand pis c'est beau, pis y'a des gargouilles qui font peur. J'ai un peu trop bu hier, mais ça va. Sara est avec moi. Salut, Sara!

Je tourne la caméra vers mon amie qui, sans trop savoir ce que je suis en train de faire, effectue une petite danse au son de la musique d'ambiance.

— Dis salut pour la postérité.

— Salut, postérité!

— Faque c'est ça. On a ben du fun, il fait chaud, pis on va continuer notre marche! Bye!

J'envoie la main à la caméra avant de la fermer, fière de ce souvenir en haute définition même s'il gruge la moitié de la capacité de ma carte mémoire. En traversant la Plaça de Catalunya, on croise des voyageurs avec leur immense sac sur le dos et la confusion dans l'œil. C'était nous à notre arrivée, il y a quelques jours à peine. On jurerait qu'il s'est déjà écoulé un siècle depuis. Comme des connaisseuses, on emprunte le Passeig de Gràcia, où tout se présente à nous sans qu'on ait besoin de chercher. Directement sortie de l'imaginaire de Gaudí se dresse la Casa Batlló, un immeuble au toit en écailles multicolores avec des balcons dont la forme rappelle des crânes et les colonnes, des os. Comme on n'a pas envie de se taper la file de touristes qui attendent pour entrer, on décide qu'on y reviendra plus tard. On poursuit notre quête de beauté en admirant la Casa Milà et la Casa Vicens sur notre chemin, avant de conclure notre marche exploratoire au parc Güell. C'est le genre de journée où on pense prendre ça mou, avant de finalement parcourir des dizaines de kilomètres parce qu'un élan de spontanéité en appelle un autre.

Tout près de l'entrée du parc, un mouvement de foule attire mon attention. Alors qu'on cherche à acheter nos billets pour entrer sur le site, je finis par apercevoir la raison de la chose : un homme vêtu d'un déguisement de salamandre en simili-céramique se fait prendre en photo avec une poignée de touristes.

— Sara, checke le costume du gars là-bas !

Elle suit mon doigt qui le pointe au loin.

— C'est donc ben weird. Peut-être que ça fait partie de l'animation du parc ?

Elle sort sa caméra pour le photographier à distance. Sauf que l'homme-lézard ne tarde pas à s'en rendre compte et s'amène dans notre direction. De ses mains gantées, il pose sur nos têtes deux chapeaux presque identiques au sien. Sans nous donner le temps de rouspéter, celui qui l'accompagne me demande mon appareil photo. Bien que je sois certaine qu'il s'agit là d'une très mauvaise idée, la peur mêlée à l'incompréhension de la situation me pousse à le lui remettre.

— *Cheese !*

Le clic est à peine émis que l'homme-lézard enlève nos chapeaux avec un sourire beaucoup moins sincère, avant de nous demander de l'argent – plus que je n'aurais jamais payé pour une photo avec un chapeau ridicule que je n'ai pas désiré. Intimidée, Sara sort quelques billets de son sac en le tenant fort contre elle, de peur qu'on ait affaire à des pickpockets rusés. Les deux hommes repartent à la vitesse de l'éclair sans nous remercier, à la recherche de leurs prochaines victimes. Un peu secouée par la duperie qui vient de se jouer, Sara se tourne vers moi :

— Bon ben, je pense qu'on vient de tomber dans notre première attrape-touristes.

— J'ai zéro vu ça venir.

— Moi non plus. Y'est pas parti avec ta caméra, c'est déjà ça.

— Ça aurait été mon pire cauchemar.

— La photo est-tu bonne, au moins ?

Le cerveau embrumé, je tends mon appareil à Sara, qui s'exclame :

— Juste pour nos faces, Marjorie, l'arnaque valait le coup !

Je la regarde à mon tour.

— Je pense qu'on avait l'air plus à l'aise que ça la première fois qu'on a acheté des condoms à la pharmacie.

— C't'encore drôle... Je me souviens qu'on était allées à l'autre bout de la ville pour être certaines de croiser personne qu'on connaissait. Tu venais juste d'avoir ton permis.

— On avait même pas de chum, en plus. On voulait juste savoir ce que ça faisait d'acheter des condoms.

— Par le temps que je couche avec un gars pour la première fois, ils avaient eu le temps d'expirer.

— Même affaire.

Maintenant amusée par la situation, je reprends la caméra pour faire un giga zoom sur la face crispée de Sara.

— En tous cas, je sais quelle photo s'en va directement sur notre mur en arrivant à l'appart!

La phrase est sortie de ma bouche spontanément et, en la prononçant, je prends conscience qu'elle n'aura bientôt plus de sens. Quand on a emménagé ensemble, on a pris l'habitude d'imprimer les meilleures photos de nous deux pour les afficher sur notre mur de salon. Dans cinq semaines, quand Sara quittera l'appartement pour habiter avec Sébastien, ce sera la fin de notre fresque photographique. Sara établit tout de suite le lien.

— Je vais lui réserver une place de choix chez nous, c'est sûr. Elle est juste trop drôle. Pis je sais que Seb va la trouver drôle lui aussi.

Un étrange pincement malmène mon cœur alors que j'imagine une réalité imminente, bien qu'inévitable. Je décide de ne pas laisser ce vertige soudain avoir le dessus sur moi. Pas aujourd'hui, du moins.

— Veux-tu qu'on aille acheter les billets pour le parc, Sa?

— Oui, d'un coup que le lézard déciderait de rappliquer.

De l'autre côté de l'entrée, on comprend un peu mieux ce qui vient de nous arriver: dans les marches menant au parc Güell se déploie une salamandre en céramique qui crache de l'eau. Et tous les visiteurs veulent être pris en photo, la main posée sur ladite salamandre. Après avoir accepté l'idée que toutes nos photos contiendraient un grand nombre d'inconnus, on commence l'ascension de l'immense escalier qui mène à une forêt de colonnes en mosaïques. Tout en haut, en train d'admirer la vue, deux visages familiers se détachent de la foule de touristes : Rhiannon et Shaun. Heureuses de ce drôle de hasard, on va à la rencontre des Australiens.

— Hey! Comme on se retrouve!

Ils nous saluent chaleureusement. Prendre une cuite ensemble, ça crée des liens.

— Kirsty est pas avec vous?

C'est Shaun, baba cool derrière ses lunettes de soleil, qui répond :

— Elle se sentait pas super bien ce matin. Elle est restée à l'hostel.

Kirsty avait terminé la soirée enfermée dans les toilettes, le mascara dégoulinant sous ses yeux gonflés de larmes à cause d'une blessure de cœur pas tout à fait guérie et qui s'était rouverte à la suite d'une absorption massive d'alcool. Son absence n'est donc pas tant une surprise. Rhiannon ajoute :

— On retourne la voir après. On voulait vraiment venir ici parce qu'on pense partir demain. Avez-vous vu les bancs en haut? C'est tellement beau! La vue du sommet est quelque chose.

— Non, on vient d'arriver.

Rhiannon propose de nous montrer le chemin. Je jase avec elle devant pendant que Sara fait la conversation à Shaun derrière.

— Vous allez où, après?

— Valence, sûrement. Kirsty et moi, on a une amie qui habite là-bas.

MARJORIE

— Une amie commune ? Je pensais que vous veniez pas de la même ville !

— On vient toutes les deux de Brisbane. On est allées à l'école ensemble. Kirsty est déménagée à Melbourne pour le travail.

— Sara et moi aussi, on s'est connues à l'école.

— Vous êtes amies depuis longtemps ?

Je fais le décompte dans ma tête. J'avais douze ans quand j'ai rencontré Sara et j'en ai près de vingt-deux aujourd'hui.

— Presque dix ans maintenant.

— Seize ans, nous.

Je réalise que je connais bien peu de choses de l'histoire des filles même si hier, on partageait des verres comme si on avait été les meilleures amies du monde.

— Pis là vous voyagez ensemble ! Sara me disait que ça fait quatre mois que vous êtes parties.

— Ouais. J'ai laissé ma job, pis elle aussi. On aimait pas vraiment ce qu'on faisait. Quand on s'est rejointes à l'aéroport de Bali, ça faisait deux ans qu'on s'était pas vues.

— Wow ! Votre voyage, c'est comme des retrouvailles, dans le fond.

— On profite de la vie pis on verra après. Tant qu'il va nous rester de l'argent, on va continuer de voyager.

Moi qui me pensais cool de partir deux semaines ! J'admire sa liberté. Leur liberté. Surtout, je trouve ça beau qu'elles aient continué d'être amies, même séparées par des milliers de kilomètres.

Une fois au sommet, prise d'une émotion soudaine, je ne peux m'empêcher de m'exclamer :

— Woah ! C'est comme si on était débarquées dans Candyland !

Ce n'est pas le monde en bonbons du jeu de société, mais presque, qui se dresse devant nous. Les bâtiments ont des airs de pain d'épices avec leurs toitures en crémage à gâteau. Le banc serpentin décoré de tuiles de céramique semble s'étirer à l'infini. Si le paysage se mangeait, je n'en ferais qu'une bouchée. Rhiannon et Shaun restent quelques minutes avec nous à admirer le site, le temps de nous prendre en photo sur le fameux banc courbe en céramique – ici, on n'essaie même pas de nier notre statut de touristes.

— On se voit plus tard à l'auberge, les filles ?

— Certain ! Il faut fêter votre départ !

Nous voilà de nouveau seules, en dépit de la compagnie de centaines de vacanciers surexcités qui jouent du coude pour s'immortaliser le minois. On décide de s'installer dans un coin un peu en retrait de la foule. Perchées dans les hauteurs de Barcelone, on admire la ville qui s'étend devant nous jusqu'au front de mer. Je resterais ici toute ma vie si je le pouvais. C'est encore plus beau que les photos dans notre guide de voyage ou sur Internet.

— Quand tu vas être déménagée avec Seb, on va réussir à garder le contact, hein ?

Sara, surprise par la tournure inattendue de la conversation, affirme sans hésiter :

— C'est sûr ! La dernière affaire que je veux, c'est qu'on se perde de vue.

Ma cuite d'hier n'a pas altéré que mes facultés physiques : je me sens fragile de tout aujourd'hui, jusqu'à douter de la profondeur de notre amitié.

— Tu penses vraiment qu'on pourrait se perdre de vue, Marje ?

— Je veux juste pas que ça arrive.

— Te souviens-tu de l'été entre notre secondaire 1 et le 2 ? Pis de celui entre le 2 et le 3 ?

— Je me souviens que c'était plate parce qu'on habitait loin l'une de l'autre pis qu'on pouvait jamais se voir.

— On voulait tellement être amies qu'on s'appelait tout le temps pour se raconter nos vies. On s'est jamais lâchées pis on se connaissait depuis ben moins longtemps qu'aujourd'hui.
— Ouais, c'est vrai.
— Faque, fais-toi à l'idée que je suis dans ta vie pour un méchant bout encore. Je déménage, je meurs pas.
— T'es mieux de pas mourir en plus. Je le supporterais pas.
— Je vais essayer vraiment fort.
— Merci. Ça serait ben fin.

•••

Dans les jours qui ont suivi la fin de notre secondaire, Sara et moi, on est passées de colocs de casier à colocs tout court. Au début du mois de juillet, on emménageait dans notre quatre et demie de Montréal avec l'aide de nos parents. On a déplacé presque toute notre vie dans une ville où notre seul point de repère était la sœur de Sara, qui habitait à deux changements de ligne de métro. Même si lui rendre visite était aussi long que d'aller voir nos familles, ça nous paraissait la porte à côté.
— M'man, t'es pas obligée de faire ça.
— Toi non plus, m'man.
Nos mères ont répondu d'un même souffle que ça leur faisait plaisir. La mienne avait la tête dans l'armoire de cuisine qu'elle était en train de laver ; celle de Sara défaisait nos boîtes de vaisselle en se demandant si on avait assez de place pour tout notre stock. J'ai déposé le balai après avoir envoyé les moutons de poussière dans un coin stratégique pour que personne ne se mette les pieds dedans et je me suis emparée du vieux bottin téléphonique que les locataires d'avant nous avaient laissé. Je ne connaissais pas encore les bonnes adresses du coin, alors

je jouerais de prudence en commandant du poulet pour tout le monde.

— P'pa, tu me prêtes ton téléphone ?

Mon père, occupé à brancher la télévision ainsi que nos lecteurs DVD et VHS avec le père de Sara, m'a laissée faire un interurbain – on hésitait encore entre se procurer des cellulaires ou faire installer une ligne fixe. On a mangé tous ensemble autour de la table de cuisine fraîchement montée, puis nos parents se sont dépêchés de rentrer avant que le plus gros du trafic s'installe. « Pas question de rester pris sur la 40 *ad vitam æternam* », comme disaient nos mères, qui ne manquaient jamais une occasion d'utiliser les expressions latines qu'elles avaient apprises à l'école.

Après nous avoir fait promettre de les appeler s'il y avait quoi que ce soit, nos parents ont passé la porte et on s'est retrouvées seules pour la première fois dans notre appartement. J'ai branché ma vieille chaîne stéréo, celle qui me permettait autant d'écouter des cassettes que des CD. On a continué à frotter et à défaire des boîtes en se prenant pour les choristes de Britney, Christina, Beyoncé et Mariah, dont les chansons se succédaient sur une vieille compilation musicale, jusqu'à ce que les effluves des produits nettoyants nous montent à la tête. Après quoi on s'est assises dans notre divan brun deux places qui accaparait la moitié de l'espace de notre petit salon et qui faisait face au mur en attendant que les meubles soient mieux disposés. J'ai pris une gorgée de thé glacé, offert gracieusement par la mère de Sara, avant de commenter :

— C'est un choix, ce mur brun et gris là, pareil.

— Et que dire de la frise de tapisserie de coqs au milieu…

— J'ai mal aux yeux.

— Ça va être tellement plus beau avec le vert lime qu'on a acheté ! Je t'ai-tu montré le rose que j'ai choisi pour le mur du fond de ma chambre ? Dans *Décore ta vie*, l'autre jour, la designer disait que c'était important de miser sur une couleur accent, pis moi ça va être le rose.

— C'est plate que je me sois débarrassée de mes posters des Backstreet Boys, ça aurait fait une jolie décoration.

— Ben oui, toi. Imagine que j'invite un gars à coucher pis qu'il voit ça.

Je regarde Sara, perplexe. Après avoir passé notre secondaire dans les mineures côté ligues amoureuses et à nourrir des histoires à sens unique, on avait devant nous la chance d'un nouveau départ. Un jour, des gars allaient passer la porte de notre appartement et pas que de façon amicale. Un jour pas si éloigné, on l'espérait, nos lits allaient nous servir à plus que du sommeil et de l'étude de fin de soirée.

— Faudrait trouver quelque chose pour décorer le mur en attendant d'avoir le temps de le repeinturer.

— J'ai peut-être une idée…

Je suis partie en direction de ma chambre et j'ai ouvert deux ou trois boîtes avant de tomber sur ce que je cherchais. Je suis ressortie avec un paquet de photos et de la gommette bleue.

— On pourrait les coller sur le mur. Qu'est-ce que t'en penses ?

C'étaient les photos accrochées dans notre casier au fil des ans et celles qui trônaient sur le babillard de ma chambre. Notre sortie scolaire au Centre des sciences en première secondaire. Nos photoshoots de fin d'année au centre commercial. La fameuse soirée de tempête de neige où on avait décidé de braver les éléments pour aller manger une poutine parce qu'on se sentait invincibles puisqu'on roulait avec les nouveaux pneus quatre saisons de Sara.

— J'ai mal à ma coupe de cheveux. Pourquoi tu me l'as pas dit que j'avais l'air du yâble avec une permanente, Marje ?

— J'étais pas mieux que toi. Je pense que j'ai porté ce chandail-là tous les jours de notre secondaire 3.

On s'est divisé la gommette et on a entrepris le collage sans suivre de plan précis. La vingtaine de photos paraissaient perdues au milieu de l'immense mur malgré la présence des coqs, mais ce n'était qu'un début.

— Une chose est sûre, ça pue la puberté.

Sara regarde le mur, les mains sur les hanches, d'un air satisfait.

— Et l'amitié aussi. Non ?

— Certain. Si toutes les lignes du temps étaient aussi intéressantes, j'aurais mieux réussi mon cours d'histoire.

Il restait les bases de lit à monter, les trous dans les murs à plâtrer et la peinture de toutes les pièces, mais déjà on se sentait comme à la maison. Et c'était un maudit beau chez-nous.

SARA

Après une semaine de voyage, on avait envie d'un nouveau départ. Surtout que le dortoir de l'auberge de jeunesse nous paraissait un peu sans âme, maintenant que nos meilleurs compagnons étaient partis. On a pensé aller ailleurs, mais après tout ce temps passé ici, on était devenues les doyennes de l'auberge : on connaissait le personnel, sans compter que les déjeuners et les soupers inclus soulageaient notre budget de filles ayant financé leur aventure avec les miettes restantes de leurs prêts et bourses. On se sentait à la maison, même à des milliers de kilomètres. C'était d'autant plus difficile de faire nos adieux qu'on avait une nouvelle amie en Tereza, qui succédait à Paul au comptoir d'accueil. On l'avait trouvée smatte quand elle nous avait autorisés à rester plus longtemps que permis dans le coin salon pour la dernière soirée de Rhiannon, Kirsty et Shaun, mais on l'a aimée encore plus ce matin quand, en allant réserver notre place pour les prochaines nuits, elle nous a proposé des lits dans un dortoir à seulement six voyageurs pour le même prix. Comble du bonheur, elle nous a aussi suggéré une activité en cette journée où on se demandait quoi faire de nos corps.

— Il y a un endroit où j'aime aller avec mes amis au coucher du soleil. C'est un peu loin d'ici, il faut prendre l'autobus, mais ça change de la plage.

L'endroit, que se sont approprié les locaux, est composé d'anciens bunkers avec vue panoramique sur la ville. Après une semaine d'activités touristiques, c'est en plein ce qu'on cherche.

— C'est quoi déjà le numéro de l'autobus que Tereza a dit qu'il fallait prendre?

— La 19, 22 ou 24.

Sous le toit de l'abribus qui nous protège du soleil d'après-midi, Marjorie examine l'horaire.

— Ouin, je pense pas qu'on est à la bonne place.

— Selon le dessin de Tereza, c'est bien ici, pourtant.

— Montre-le-moi encore?

Je le lui tends. Elle jette un œil avant de le tourner à droite et puis à gauche.

— C'est comme pas clair si on est dans le bon sens.

— J'avoue.

— Je comprends rien.

— Moi non plus!

— Faque qu'est-ce qu'on fait?

On n'a pas à s'interroger trop longtemps qu'un tram s'arrête. On les regardait avec intérêt depuis le début du voyage, sans jamais oser s'y aventurer. Sauf que là, les portes s'ouvrent devant nous, telle une invitation à monter à bord. Je suis incapable de résister:

— As-tu déjà vu le film avec Gwyneth Paltrow, *Sliding Doors* je pense que ça s'appelle? Ça jouait des fois l'après-midi à TQS.

— Ça me dit rien.

— Le film est pas super, sauf que le concept est intéressant. On voit en parallèle les deux vies d'une femme: celle qui sera la sienne si elle prend son train, et l'autre, si elle monte pas à bord.

— Faque tu veux embarquer pour voir où on pourrait aboutir ?

— Ouin, c'est ça !

— Ben, *let's go* !

Marjorie, toujours partante pour un changement de plan spontané, se dépêche de monter par l'arrière du tram. Je la suis en évitant de justesse de me faire coincer un petit bout de moi par les portes qui s'apprêtent à fermer. C'est en s'assoyant qu'on réalise qu'on n'a pas de billet à composter : notre billet d'autobus n'est pas valide ici, et il est impossible d'en acheter un à bord. Comme on est trop peureuses pour se rendre jusqu'au chauffeur pour lui expliquer le problème dans notre espagnol laborieux ou notre anglais ordinaire, on décide de jouer la carte de l'innocence touristique. Sauf que rendues au cinquième ou au sixième arrêt, on devient un peu moins sûres de nous quand des gens ressemblant à des policiers s'approchent du tram. La chienne nous pogne solide, si bien qu'on décide de terminer notre trajet abruptement en filant en douce. En se retrouvant de nouveau dans la rue, Marjorie laisse tomber :

— Ouin, ben, c'est pas ce trajet-là qui va changer le fil de notre vie, je pense !

— Parle pas trop vite...

Je lui montre l'horaire des bus qui se trouve à proximité.

— ... il y a une 22 qui passe ici !

La chienne fait bien les choses, finalement. On monte à bord, légalement cette fois, en espérant de tout cœur avoir pris l'autobus dans la bonne direction. On est rassurées quand, quelques dizaines de kilomètres plus loin, on repère enfin le panneau dont nous parlait Tereza. La petite randonnée qui mène jusqu'au sommet mérite l'effort. Barcelone se dresse devant nos yeux, plus impressionnante que jamais. La Sagrada et ses grues nous servent de repères au milieu de toute cette immensité. Je n'entends plus le brouhaha de la ville, je l'imagine seulement.

— Dire qu'on a marché une bonne partie de tout ça depuis une semaine. Je peux ben avoir les pieds scrap.

— Certains bouts plus que d'autres! Pas que c'était pas le fun de virailler sans se retrouver dans Barri Gòtic, là...

Il reste encore quelques heures avant le coucher du soleil, et déjà, des petits groupes se rassemblent pour écouter de la musique ou boire une bière tranquillement. On les rejoint en passant par-dessus la rambarde et on se trouve un bout de béton pour s'asseoir. J'admire les deux gars assis au bout de la dalle, les pieds pendant dans la vastitude. Vertige étant, je préfère m'asseoir un peu moins près du bord. Alors que d'habitude, on ne manque jamais de sujets de conversation, l'endroit inspire la contemplation, si bien qu'on passe nos premières minutes en silence. Le temps qu'il faut à mes pensées pour s'envelopper d'une bouffée de nostalgie.

— Te demandes-tu parfois ce que serait notre vie si on s'était jamais rencontrées, Marje?

— C'est le concept de *Sliding Doors* qui te fait penser à ça?

— Ouais. C'est quand même fou de s'imaginer que si on s'était jamais parlé au secondaire, on serait pas ici aujourd'hui.

Marjorie se fait pensive un instant, puis ajoute:

— Je peux pas concevoir que les choses auraient pu se passer autrement. Notre amitié, c'est tellement une grosse partie de ma vie...

Je l'approuve d'un hochement de tête.

— Si les parents de mes meilleures amies au primaire avaient été ouverts à l'idée de les envoyer à l'école publique, ma weirditude aurait jamais rencontré la tienne!

— On sait pas, peut-être que j'aurais fait de Maude Desrochers ma meilleure amie. Pis que c'est elle qui serait assise à côté de moi actuellement.

Je lui sers une fausse face scandalisée.

— T'aurais pas osé!

— Dans le monde imaginaire de *Sliding Doors*, tout est possible!

Je sors les provisions qu'on a achetées au marché avant de monter pour pique-niquer. Le bonheur, c'est du chorizo, du fromage, des noix, du pain et une bouteille de vin à cinq euros qu'on se partage à la bonne franquette avec une couple de serviettes de table en guise d'assiettes.

— En tous cas, je suis contente de la tournure des événements. Pis je veux juste que tu saches que peu importe l'avenir et les portes qui nous attendent, ben je vais toujours te considérer comme ma meilleure amie, Marjorie.

— Ben là! Arrête! Tu vas me faire brailler dans mon morceau de pain!

— Ça serait peut-être pas une mauvaise chose. Y'est sec, hein?

— Un peu pas mal. J'ai peur à mes plombages gris depuis tantôt.

Marjorie mastique sa bouchée de peine et de misère avant de constater:

— On les a, les discussions légères depuis hier! C'est quoi l'affaire avec les paysages de Barcelone qui nous rendent aussi émotives de nos vies?

— Je sais ben pas... C'est bizarre comment je me sens depuis qu'on est ici. Y'a plein de souvenirs de nous deux qui me reviennent en tête.

— Comme?

— Des histoires du temps du secondaire.

— Des histoires de cheveux gras, de pellicules pis de boutons?

Je lui jette un regard qui flirte avec le dégoût. Marjorie, ayant toujours aimé les trucs un peu dégueu, se délecte de ma réaction. Elle s'empresse d'ajouter:

— Que tu le veuilles ou non, on est liées pour la vie par le pouvoir de la puberté! On s'est connues à notre moins beau pis c'est pour ça qu'on va s'apprécier pour le reste de notre vie.

Sa réflexion a le don de m'accrocher un sourire, cette fois.

— Ça, pis le pouvoir du non *best friends*.

Je manque de m'étouffer avec mon morceau de saucisson devant cette référence qui sort des boules à mites.

— Le pouvoir du non *best friends*! Wooooooh! J'avais pas pensé à ça depuis longtemps!

Marjorie, assez fière d'avoir su ramener à l'avant-plan ce concept propre à notre amitié dont la genèse remonte à novembre 2003, me regarde avec un petit quelque chose de brillant dans l'œil.

— Ne jamais sous-estimer le pouvoir du non *best friends*, Sara Langlois. Jamais.

•••

C'était un soir pluvieux de la fin novembre 2003. J'avais donné rendez-vous à Marjorie au métro McGill après son cours au cégep. On allait voir *Love Actually* au cinéma Paramount. Même si les comédies romantiques, ce n'était pas tant son affaire, elle avait accepté de venir avec moi parce qu'on le verrait en version originale et que tout le monde parlait avec un accent *british*. On a fait un premier arrêt à la foire alimentaire pour se remplir l'estomac de petites boulettes de poulet enrobées de pâte et de riz frit qui avaient passé un peu trop de temps sur le réchaud, avant de se rendre compte qu'on avait encore une bonne heure à tuer avant le début du film.

— Ça te dérange si je regarde les bottes d'hiver ?
— Pantoute.

On flânait d'une boutique à l'autre pour contempler les très tendance Ugg quand l'un des commerces, qui ne donnait pas dans la botte d'hiver, a attiré notre attention : Ardène. La boutique où on a passé trop de temps à l'adolescence à regarder les bijoux en rêvant de pouvoir se les acheter. C'est là qu'on a vu quelque chose qu'on pensait disparu : des sacs à surprise.

— Je peux pas croire que ça existe encore ! Checke ça, Marje !
— Wow !

On s'est mises à les tripoter comme dans le temps pour tenter de deviner ce qu'il y avait à l'intérieur.

— On s'en achète-tu un tant qu'à y être ?
— Envoye donc !

On s'est rendues à la caisse pour payer notre dû, après quoi on s'est dépêchées de sortir du magasin.

— D'après toi, qu'est-ce qu'il y a dedans ?
— Pour de vrai ou ce que j'aimerais ?
— Comme tu veux !
— Chaque fois que j'en ai acheté un, je rêvais de découvrir des pinces en forme de papillon et une bague d'humeur.
— Bon ben, je l'ouvre ?

Marjorie a acquiescé d'un signe de tête. J'ai percé le plastique bleu. Ce n'était pas ce qu'on espérait. Il y avait des bracelets de couleur en silicone, des barrettes à paillettes, un porte-clés en forme de dauphin et... un collier *best friends* : une moitié de cœur jaune, une moitié de cœur noir.

— On a droit aux restes de fin d'entrepôt, faut croire. C'est donc ben quétaine !

— Mets-en.

À la blague, j'ai ramené ma frange un peu trop longue sur le côté avec les barrettes à paillettes. Marjorie a enfilé les bracelets en silicone. J'étais sur le point de passer ma partie du collier *best friends* par-dessus ma tête quand Marjorie m'a stoppée dans mon élan.

— Sara, non! Tu peux pas faire ça!

Elle semblait presque sérieuse.

— Tu te souviens pas de la malédiction des colliers *best friends*? LA raison pour laquelle on portait jamais les nôtres?

Les colliers *best friends*, censés garantir un avenir heureux à deux amies, avaient pendant des années eu la réputation d'attirer le mauvais sort sur celles qui se juraient fidélité avec une chaîne en métal. Si on croyait être au-dessus de tout ça parce qu'on jugeait notre amitié solide, on avait tout de même fini par tracer un parallèle troublant entre le moment où on avait porté lesdits colliers et notre toute première chicane d'amies. Je l'ai regardée d'un air amusé.

— C'était quand on était jeunes. Pis c'était pas tant la faute du collier que parce qu'on était insécures. Je pensais que tu voulais plus être mon amie parce que tu t'étais mise en équipe avec Mélanie Dufour.

— Parce que j'étais certaine que tu étais en équipe avec Maude Desrochers!

— Maude m'avait juste demandé mon efface parce qu'elle avait perdu la sienne. J'avais regardé dans ta direction pour que tu comprennes que je voulais me mettre en équipe avec toi.

— C'était pas clair. En tous cas, on se chicanera pas encore pour ça.

— Non, c'est sûr.

— Tu vois ce que ça fait, le maudit collier *best friends*! Il me semble que pour être sûres, on devrait s'en débarrasser.

— Ouin. C'est peut-être mieux. Comment?

Marjorie se mord la lèvre, signe de sa concentration sur le sujet.

— De la façon qu'on veut, mais une chose est claire: il faut jamais dire à l'autre ce qu'on a fait avec. Tout à coup que le mauvais sort s'emparerait de nous.

— Tu tiens ça d'où?

— De moi, là, maintenant, pis je me crois. Faque t'embarques?

— Oui. On se rejoint au cinéma.

Marjorie avait toujours les idées les plus divertissantes. Je ne pense pas qu'elle se croyait tant que ça, mais ça faisait son charme, ces scénarios excentriques un peu sortis de nulle part. Marjorie a pris à droite et moi à gauche. J'ai envisagé de le donner à une petite fille qui portait les mêmes barrettes que moi et que sa mère promenait en poussette, puis le flusher dans une toilette, jusqu'à ce que je tombe sur une boutique de vêtements... Je me suis cachée pour éviter que la vendeuse me voie, j'ai fermé les yeux et serré le collier dans la paume de ma main, puis, en le glissant au creux d'une poche de pantalon cargo, j'ai récité ces quelques mots comme un mantra:

— Faites que mon amitié avec Marjorie dure toute la vie.

MARJORIE

— Faque... Vas-tu finir par me dire ce que t'as fait avec le collier *best friends*?

Je baisse mon menu de restaurant juste assez pour que Sara voie mon visage. Depuis que j'ai ramené le sujet sur la table hier qu'elle me pose la question: quand on revenait à pied du haut de la colline des Bunkers del Carmel, dans le dortoir avant de se coucher, au déjeuner ce matin, à la plage où on est allées lézarder au soleil cet après-midi... Chaque fois, je lui réponds la même chose:

— Tu comptes trop pour moi, Sara! On peut pas prendre ce risque-là.

Et elle de répondre naïvement:

— Tu peux te confier. Ça fait assez longtemps qu'on est amies. Il arrivera rien.

Pour une fille qui craint les esprits surnaturels et qui a peur de jouer à Ouija, c'est assez surprenant.

— Le mauvais sort, c'est le mauvais sort.

Je repose mes yeux sur le menu entièrement en espagnol. Plus tôt, on avait demandé à Tereza de nous indiquer le meilleur restaurant de tapas pas chères de Barcelone. Elle nous a envoyées ici, un autre endroit fréquenté en majorité par les locaux. En arrivant, on s'est rendu compte que notre habillement composé de souliers de marche de voyageuses et de coupe-vent tranchait avec celui des autres clients.

On avait le mot « touristes » écrit dans le front, même si on essayait fort de se tenir le dos droit et de ne pas mettre nos coudes sur la table, comme si nos bonnes manières allaient faire une différence.

— J'ose pas sortir mon guide... Comprends-tu ce qui est écrit, Marje ?

— Moyen. Je pense que ce mot-là, c'est thon. *Patatas*, si ma logique est bonne, ça doit être des patates.

— Ouin, mais *patatas bravas*... C'est-tu des patates braves, selon toi ?

Je laisse échapper un éclat de rire qui se perd dans le bruit des familles et des amis qui s'entretiennent gaiement autour de nous.

— Moi, je suggère qu'on commande à l'aveugle pis y'arrivera ce qui arrivera.

— Aahhhh ! Attention, Marje !

Sara n'a pas crié, mais presque, parce qu'en déposant mon menu, j'ai évité de justesse la flamme de la chandelle décorative au milieu de la table. Je lève la tête pour m'apercevoir que le gars assis à la table d'à côté, qui avait le nez dans un livre quand on s'est assises, a tout vu. Un rictus se forme sur le visage de celui qui doit avoir vingt ans de plus que nous. Je lui réponds d'un sourire de fille un peu gênée de sa maladresse. Voyant une possible ouverture, il s'incline vers notre table, ce qui lui amène la face dans notre bouteille d'eau, considérant qu'on est tous assis les uns sur les autres ou presque.

— En fait, des *patatas bravas*, ce sont des pommes de terre accompagnées d'une sauce épicée.

En entendant son accent français, je souhaite secrètement ne pas avoir dit trop de conneries, parce qu'à l'évidence, il a tout saisi. Depuis le début du voyage, j'ai enregistré l'idée que personne ici ne pouvait nous comprendre, si bien qu'on se permet de dire un peu n'importe quoi n'importe quand.

— Avez-vous besoin d'aide avec le menu?

On répond par l'affirmative. Entre deux traductions, on apprend que *camarón* veut dire «crevette» et que notre nouvel ami s'appelle Grégoire.

— T'es un habitué de la place?

— Je viens souvent. C'est pas très loin de chez moi. Vous, vous êtes Québécoises?

— Oui, de Montréal.

— J'ai beaucoup aimé Montréal quand j'y suis allé.

Le menu prend le bord. Il nous raconte comment il est venu en ville au début de sa vingtaine, lors d'un voyage en sac à dos, et qu'il aimerait bien y retourner un jour. Les questions vont et viennent et on finit par apprendre qu'il habite Barcelone depuis une dizaine d'années. Il s'y est installé pour suivre une fille dont il était amoureux. Il a fini par s'éprendre de la ville, si bien qu'il lui était impensable de la quitter même quand les choses se sont terminées entre eux.

— Et vous? Vous appréciez votre temps passé ici?

On n'a pas à se consulter avant de répondre d'un même souffle:

— Oui, vraiment.

On se met à raconter ce qui nous a occupées au cours des huit derniers jours. Au fur et à mesure qu'on se remémore des histoires, on ajoute des détails aux anecdotes racontées par l'autre, ce qui donne un compte-rendu à la fois festif et décousu. Grégoire, qui a visiblement du mal à suivre notre récit relaté beaucoup trop rapidement et livré avec un accent québécois non dissimulé, s'empresse de changer de sujet:

— Si vous aimez l'œuvre de Dalí, il vous faut aller à Figueres, alors. Il y a un musée conçu par l'artiste. C'est vraiment très bien.

Mon attention est captée dès la mention du nom du peintre surréaliste. Le serveur s'amène pour prendre notre commande. Après avoir énuméré avec l'aide de Grégoire les nombreux plats qu'on désire partager, notre nouvel ami nous demande :

— Vous buvez quelque chose, les filles ? Du vin ?

C'est une offre plutôt qu'une question, et on accepte volontiers. On a depuis longtemps dépassé notre budget alcool dans ce voyage-là.

Grégoire échange quelques mots en espagnol avec le serveur, qui lui prête son crayon avant de repartir vers la cuisine. Alors qu'il note les informations pour Figueres et le musée Dalí sur une serviette de table en papier, le serveur revient avec un café pour Grégoire ainsi que deux coupes et une bouteille, qu'il dépose devant Sara et moi. Grégoire descend sa tasse en moins de deux, puis regarde sa montre.

— Je dois y aller. J'ai été ravi de faire votre connaissance. Profitez bien du vin et de la fin de votre voyage.

On a à peine le temps de le remercier qu'il récupère le casque de scooter qui traîne à côté de lui et quitte le restaurant. Au travers de la fenêtre, on le voit enfourcher son engin. Il étouffe deux fois le moteur avant de réussir à démarrer. Ça me le rend encore plus attachant.

— Sara, quand je vais être grande, j'aimerais être comme lui.

— Moi aussi. Y'est donc ben fin !

Nos plats arrivent : six assiettes à partager parmi lesquelles se trouvent des empanadas, de l'aubergine rôtie, des calmars frits, du thon, des patates à la sauce épicée et des crevettes. Je fais le saut en voyant ces dernières : j'ai encore du mal à m'habituer au fait qu'elles viennent avec des yeux. Sara prend une bouchée de thon :

— Je pense à Grégoire pis à son histoire... C'est fou le courage que ça prend pour se refaire une vie ailleurs. Tout laisser pour recommencer dans un pays que tu connais pas.

— Tu veux dire repartir à zéro ?

S'ensuit un bref instant où, plutôt que de poursuivre la conversation, on chante en chœur le refrain du grand succès de Joe Bocan. C'est ainsi que fonctionne le filage dans nos cerveaux.

— T'sé quoi ? Je connais pas tant les autres paroles de cette chanson-là.

— Moi non plus, sauf la passe du jardin d'Éden.

Sara presse un petit quartier de citron sur l'assiette de calmars frits avant de poursuivre :

— J'aimerais juste ça avoir son guts.

— T'es pleine de guts ! T'es partie en road trip avec Seb l'année passée pis là, t'es à Barcelone avec moi.

— Ça, c'est facile. C'est des affaires le fun avec des gens que j'aime. C'est plus que... il y a une affaire qui me donne la chienne, ces temps-ci. Pis j'aimerais être capable de pas y penser vu qu'on est en voyage, mais ça m'est comme revenu quand on parlait avec Grégoire.

— Qu'est-ce qui se passe ?

Je me dois de creuser cette histoire avec autant d'énergie que j'en mets à décortiquer mes crevettes.

— On m'a offert une job.

— Wow ! Ben là, je veux tout savoir ! Quand ça ?

— T'sé quand je croyais que ça s'était passé moyen à mon stage ? Ben c'était pas le cas, finalement. Avant qu'on parte en voyage, une fille m'a référée à une équipe qui cherche une coordonnatrice de production. Elle pense que je pourrais être bonne pour la job.

— C'est cool, mais t'as pas l'air super contente.

Sara prend une bouchée de petites patates braves, sûrement pour se donner le courage de m'expliquer la suite.

— Je sais comme pas si ça m'intéresse vraiment. Je me voyais plus explorer mes possibilités en sortant de l'école, pas nécessairement accepter une job à temps plein. En même temps, c'est une occasion de travail en télé. J'ai peur de rater ma chance de mettre un pied dans le milieu si je refuse.

— Qu'est-ce que tu voudrais faire, sinon ?

— Mettons que je suis vraiment honnête ?

— Je n'attends rien de moins de ta part.

— Écrire ? Sauf qu'au bac, ils disent que si on veut écrire pour la télé, il faut être connue. Pis moi, je suis personne...

— C'est pas vrai, ça. T'es ma meilleure amie !

— T'es cute ! Mais tu comprends ce que je veux dire. Il faut que je gagne ma vie, pis si j'écris, je ferai peut-être jamais d'argent. D'un autre côté, accepter une job de bureau, est-ce que c'est m'éloigner de ce que je veux vraiment ? Je sais pas trop par quel bout prendre ça.

Sara inspire profondément.

— Pis je dis que je veux écrire, mais peut-être que j'ai pas de talent en écriture non plus. Peut-être que je suis mieux d'accepter la job de coordo pis faire ça de ma vie à la place. Peut-être même que je me suis trompée sur toute la ligne pis que les comm, c'est pas pour moi.

Je savais que Sara avait connu une dernière année d'université éprouvante, mais je pensais qu'on était dans la fatigue plutôt que dans la remise en question. Sa crise existentielle soudaine me prend de court.

— Fais-tu une intoxication alimentaire pour lancer des affaires de même ? Depuis que je te connais, tu rêves de travailler dans ce domaine-là. Te souviens-tu des conférences carrière au secondaire? Tu voulais juste assister à celles de comm. Je me souviens quand l'orienteur avait essayé de te convaincre d'aller en sciences infirmières. Personne pouvait te faire changer d'avis. T'étais la fille qui modifiait ses réponses du test RIASEC pour être certaine d'être poussée vers des jobs en comm.

Elle rit.

— Je suis mélangéééééée! Je sais plus riiiiiien!

— Quand est-ce que tu dois donner ta réponse?

— La fille m'a dit de leur écrire en revenant de voyage. Ils sont un peu dans la marde parce que celle qui avait la job est partie ou s'en va bientôt, je sais pas trop. J'y pensais pas vraiment, jusqu'à ce qu'on fasse le décompte des jours restants cet après-midi. Ça s'est imposé dans ma tête pis c'est pogné là.

— Je comprends.

— Pis toi? Dis-moi que je suis pas toute seule à être perdue de même!

— Ben...

Je commence à peine ma phrase qu'elle me coupe.

— Eille, je suis lourde à soir. S'cuse.

— T'es pas lourde! C'est normal que ça te préoccupe. C'est une grosse affaire.

Je finis par finir ma phrase.

— T'sé la soirée où on a réservé nos billets d'avion?

— Ouais...?

— Je me sentais forte. Invincible. Je partais en voyage, le monde m'appartenait. Faque avant de me coucher, ce soir-là, j'ai décidé d'envoyer mon portfolio à toutes les places où je rêvais de travailler.

— *What!* C'est donc ben cool! Tu m'avais pas dit ça!

— J'attendais de voir ce que ça allait donner. Pis là, ça fait deux mois et j'ai pas reçu de réponses, sauf pour deux places. Une où l'équipe était complète, pis l'autre, où mon profil correspondait pas à ce qu'ils cherchaient.

Je marque une pause avant de continuer.

— Moi aussi, j'ai la chienne. J'ai peur que personne veuille me donner une chance de faire mes preuves. Que j'aie fait toutes ces études-là dans l'espoir de travailler en scénographie pis que ça se passe jamais.

Sara m'observe attentivement; je décèle de la compassion dans son regard.

— Pose ta main sur la table, Marje.
— Pourquoi?
— Ta main, s'il vous plaît!

Je m'exécute. Sara se met à la tapoter en signe de réconfort.

— Ça va finir par arriver pour toi. Je le sens.

Je lui fais signe de placer sa main sur la table, à son tour. Dans la seconde qui suit, nous nous tapotons toutes les deux les mains dans une sorte d'harmonie affective.

— Tu sais ce que j'aime de toi, Marjorie? C'est qu'on peut passer d'une toune de Joe Bocan à se confier les vraies affaires. Pis ça, c'est précieux. Je pense que je serais mauditement plus perdue en ce moment si t'étais pas dans ma vie.

Elle lâche ma main et lève son verre. Je ne tarde pas à l'imiter.

— Un toast aux meilleures amies qui finiront peut-être un jour par trouver ce qu'elles cherchent.
— Pis à l'amitié qui pave le chemin.

Je cogne mon verre contre le sien.

— C'est quétaine pas mal, hein?
— C'est parfaitement quétaine.

•••

En arrivant, je me suis dépêchée d'insérer ma clé dans la boîte postale pour voir si on avait reçu du courrier. Il n'y avait pas une, mais deux lettres. Ça faisait des jours que je l'attendais. *Qu'on les attendait!* J'ai couru jusqu'en haut de l'escalier et je suis entrée en trombe dans l'appartement.

— Sara, prépare les couteaux. *It's time!*

J'ai entendu brasser dans la cuisine, puis Sara s'est amenée dans le corridor. Elle m'a tendu un couteau à steak aux dents finies, ce qui en faisait un outil de choix pour décacheter une enveloppe.

— On fait ça où? Dans le salon?

— C'est bon, le salon.

— Montre-moi, je veux voir!

Je lui ai tendu sa lettre de l'université. On avait toutes les deux été convoquées quelques semaines plus tôt à des entretiens d'admission dans des programmes contingentés, Sara en télévision, moi en scénographie. Notre avenir n'en tenait maintenant qu'aux quelques mots inscrits au creux de ces enveloppes.

— On y va en même temps?

— Dans 3, 2, 1!

J'ai déchiré la mienne en deux temps, trois mouvements pendant que mon cœur battait la chamade. Un mot de treize lettres s'est mis à danser devant mes yeux. Le plus beau mot que je pouvais espérer lire aujourd'hui :

Félicitations!

J'ai lâché un hurlement de joie. Sara, qui était occupée à ouvrir son enveloppe avec minutie, a sursauté.

— Ben, ouvre-la!

— Je l'ouvre, là! Je veux juste faire attention au papier pour pouvoir la garder en souvenir.

J'ai reposé les yeux sur ma lettre.

Madame, je suis heureux de vous informer que vous êtes admise au programme intitulé...

Un son aigu est venu me transpercer les tympans. Sara sautillait partout dans le salon en criant qu'elle n'arrivait pas à y croire.

— OMG! OMG! OMG! OMG!

Elle a fini par me sauter dessus et, dans les bras l'une de l'autre, on a continué à sautiller en tournant en rond. Quand on a fini par se lâcher, j'ai proposé :

— Faut fêter ça en grand! On va au resto?

— Oui! J'ai entendu parler d'un resto chic pas trop loin d'ici.

— On va là!

En continuant de lâcher des petits cris témoignant de notre joie profonde, on a enfilé nos plus belles tenues et on s'est dirigées vers le restaurant L'Académie, rue Saint-Denis. On nous a donné une table pour deux dans le fond, tout près des toilettes, mais rien ne nous rendait plus heureuses. On allait rarement au restaurant depuis notre arrivée à Montréal il y a deux ans – on donnait plutôt dans les plats préparés achetés à l'épicerie et la nourriture pour emporter. Le summum du chic jusqu'ici était constitué de sushis achetés au Sushi Shop. On se sentait presque comme des membres de la famille royale en se commandant chacune une entrée ET un plat principal dans un restaurant «Apportez votre vin».

— Imagine nos vies futures, Sara! Moi, une grande scénographe pour une compagnie de théâtre, pis toi qui écris des émissions pour la télévision.

On s'est regardées en souriant – un sourire qu'on était incapables de dompter depuis tout à l'heure. On avait mal aux joues à force qu'elles soient montées si haut dans notre visage; qu'importe, c'était le bonheur. Le pur, le vrai.

— J'en reviens toujours pas, Marje. Qu'on ait été acceptées toutes les deux!

— Imagine que je me mette à voyager dans le monde entier! Pis que toi, tu perces le marché aux États-Unis!

Sara a hoché la tête de droite à gauche, comme si elle n'arrivait pas à saisir la portée de tout ce qui se passait avant d'ajouter :

— On est exactement là où on voulait être à la fin de notre cégep. C'est fou pareil d'être aussi chanceuses !

J'ai réparti le reste de la bouteille dans nos verres en prenant soin de n'en gaspiller aucune goutte. Quand le serveur est venu débarrasser nos assiettes, juste avant le dessert, j'ai sorti de ma sacoche un crayon et deux vieilles factures.

— Je propose qu'on écrive chacune ce qu'on se souhaite dans trois ou quatre ans. Quand on va avoir fini nos bacs pis qu'on va être devenues des vraies adultes.

J'ai écrit la première chose qui m'est venue en tête pour ensuite passer le crayon à Sara. On a déposé nos papiers dans la bouteille qu'on a refermée avec le bouchon de liège, puis, le cœur confiant, on a porté un toast aux années de bonheur qui se dessinaient devant nous. Maintenant qu'on avait obtenu ce qu'on convoitait, il n'y avait aucun doute dans notre esprit qu'on était toutes les deux sur la bonne voie. Et il n'y aurait rien sur notre chemin capable de nous arrêter.

SARA

Je consulte la serviette de table sur laquelle Grégoire a noté les informations pour le musée Dalí. Marjorie patiente à côté de moi, le doigt sur le clavier du guichet qui doit nous permettre d'acheter nos billets de train. Pendant le souper d'hier, grisées par la perspective de découvrir une ville dont on n'avait jamais entendu parler de notre vie, on s'est dit qu'on était dues pour sortir de notre zone de confort et partir explorer les alentours de Barcelone.

— Sur la napkin, ça dit Figueres.

— Mais Figueres tout court ou bien Figueres-Vilafant? On a les deux choix, ici.

— On ferait peut-être mieux de demander à quelqu'un.

Je regarde autour de nous au cas où la réponse apparaîtrait ailleurs que sur l'écran du guichet. Les gens vont et viennent dans la gare, mais il n'y a pas d'employé en vue. Je pointe une dame qui attend tout près.

— Elle pourrait peut-être nous aider.

— Oui, sûrement.

Plutôt que d'agir, on se contente de se regarder toutes les deux.

— Vas-y, Sara. C'est ton idée.

— Mon espagnol est poche. Vas-y, toi!

— Je peux pas, je surveille le guichet.

— Je peux prendre ta place, t'sé.

— J'haïs ça aborder des inconnus.

Un petit silence s'installe. Avec insistance, je regarde Marjorie qui finit par suggérer :

— On a juste à acheter le billet pour Figueres tout court. On va ben aboutir quelque part près du musée.

— Et tout à coup que rendu là, c'est compliqué pis qu'on arrive pas à trouver notre chemin ?

— Au pire, on se perd.

Sa réponse remplie d'incertitude génère chez moi une grande anxiété.

— C'est beau, je vais demander à la madame. En retour, je prends le siège à côté de la fenêtre.

— *Deal!*

Je m'approche de la dame et m'adresse à elle dans un espagnol mélangeant des bribes de français, d'anglais et de mime. Heureusement qu'elle est d'une gentillesse sans borne. En plus de me répondre, elle nous aide à acheter notre billet et à le valider. *Gracias,* madame !

— Penses-tu que c'est ce train-là, Marje ? Me semblait qu'il devait arriver dans genre 20 minutes ?

— On est bien sur la plateforme 4 ?

— *Quatro, si.*

— Ça doit être lui !

Sauf que ce n'était pas lui. C'est une fois à bord qu'on a fait cette importante découverte. Redoutant de ne pas être au bon endroit, Marjorie a montré son billet à un passager, qui lui a confirmé ce qu'on appréhendait. En panique, on se fraie un chemin hors du train, bousculant quelques personnes au passage.

— C'est donc ben stressant ce trajet-là !

— Mets-en !

Quand on monte enfin à bord du bon train, je m'affale sur mon siège, encore sur le gros nerf. Alors qu'on pensait naïvement être les deux seules à se rendre à Figueres, notre wagon est plus bondé qu'un métro de la ligne orange à l'heure de pointe. Sans le savoir, on a pogné le train de la run de lait. Il arrête à tout bout de champ le long de stations qu'on croirait bâties au milieu de nulle part. Enfin, le train finit par se vider de ses passagers et il suffit d'un coup d'œil pour s'apercevoir qu'il ne reste à bord que des touristes qui ont probablement décidé eux aussi de faire escale au musée Dalí pour la journée.

— Est-ce que mon front est rouge ? J'ai l'impression qu'il est gonflé.

Je me penche vers Marjorie pour regarder la situation de plus près.

— Bobby est un peu visible, mais c'est pas si pire. Ça dépend vraiment de l'angle avec lequel je le regarde. Robert, lui ?

Elle étudie la chose à son tour.

— T'es correcte. Ça paraît quasiment pas.

Bobby et Robert, ce sont les surnoms qu'on a donnés à nos boutons hormonaux – ceux qui prennent vie sur nos visages à ce temps-ci du mois. Robert faisait son chemin sur mon menton, toujours en retard de quelques jours derrière Bobby, qui adorait le front de Marjorie. La blague remonte à nos premiers mois de colocation, quand on avait essayé de cacher Robert et Bobby sous une épaisse couche de fond de teint Dream Matte Mousse devant le miroir de la salle de bain. Même si on avait peu d'expérience en maquillage, on s'était vite rendu compte qu'il existait des nuances de fond de teint pour chaque couleur de peau et qu'on n'avait visiblement pas pris la bonne sous l'éclairage au néon de la pharmacie. On a embrassé notre fiasco de face deux couleurs, nous promettant depuis ce temps-là de laisser Robert et Bobby respirer librement quand ils se pointeraient le bout du bouton.

— Faut pas que j'y touche, sauf que j'ai comme l'impression qu'il va sortir aujourd'hui pis ça me gosse.

— Je vais t'avertir si jamais Bobby décidait de faire une apparition remarquée.

L'arrivée à Figueres finit par détourner notre attention de notre acné. Le flot de touristes nous mène du quai de la gare jusqu'à l'attraction principale de la ville. C'est encore plus fou que ce que nous avait décrit Grégoire. D'énormes coquilles d'œufs décorent le toit du musée qui a l'allure d'un château. Je me sens gagnée par la fébrilité à la vue de ce tableau aussi spectaculaire qu'inattendu.

— Ça valait le voyage, en tous cas !

— Vraiment ! Je nous félicite de travailler notre culture, Sara.

— Checke-moi semi-péter de la broue avec ça au retour.

— Ben kin.

À peine nos billets sont-ils achetés qu'on se donne rendez-vous plus tard à la sortie. Depuis une activité scolaire en deuxième secondaire durant laquelle j'avais estimé qu'elle explorait le musée de manière trop express, alors qu'elle jugeait que je n'avançais pas assez vite, on avait décidé, au nom de notre amitié, de visiter chacune de notre côté.

Je me laisse d'abord tenter par un jardin intérieur. Des statues dorées et des lavabos blancs incrustés dans la pierre décorent l'endroit aux multiples détails tous plus pétés les uns que les autres. Marjorie, qui vient d'apparaître dans mon champ de vision, paraît fascinée par l'environnement ; pour preuve, elle est plus occupée à examiner une colonne de pneus sous une barque renversée qu'à porter attention aux deux beaux gars qui se tiennent près d'elle. J'aimerais être aussi focalisée, or mon esprit préoccupé parvient difficilement à se concentrer sur ce que je vois. Ma tête a décidé de profiter de mon introspection muséale pour me replonger dans mes réflexions d'hier soir. Je n'arrête pas de penser à la job, même si c'est LE sujet que j'essaie d'éviter. Le hamster qui spinne dans ma tête ne semble pas vouloir me laisser tranquille tant que je n'aurai pas pris ma décision. Mais quoi choisir ? Si Seb était ici, il me conseillerait sûrement de donner un break au pauvre rongeur qui court dans sa roue pour lui éviter une crise cardiaque. Seb. Je ne peux m'empêcher de penser à lui, même si je suis en vacances. Chaque fois que je croise un couple qui se tient la main ou qui s'embrasse, je l'imagine ici et ça me donne des envies de voyage en amoureux. Je me demande ce qu'il fait de bon à Montréal... Faudrait que je retourne au café Internet pour lui écrire. J'espère qu'il a reçu mon dernier message.

Un bouchon de visiteurs curieux freine mon avancée dans la salle suivante. L'immobilité me replonge dans mes années de cégep passées à travailler comme surveillante de salle au Musée des beaux-arts. J'avais laissé cet emploi pour devenir mascotte dans des fêtes d'enfants – activité qui ne me rapportait pas tant d'argent, mais qui était franchement plus divertissante que d'avertir les visiteurs qui se tenaient trop près des œuvres avec leurs sacs.

Quand je réussis enfin à faire quelques pas, j'aperçois une sculpture représentant un visage créé à partir d'épis de maïs, de coquillage et de morceaux de poupées démembrés. Une œuvre aussi particulière que cool qui, maintenant qu'elle capte mon attention, me permet de me livrer à un rare moment de réflexion. Même si je ne comprends rien à ce que je vois, j'estime qu'il a été chanceux, ce Dalí, d'avoir pu gagner sa vie en faisant ce qu'il aimait.

Et là, le regard rivé sur les fragments de catins qui forment les yeux et le nez du personnage, la réponse que j'attendais sort de nulle part et envahit mon esprit comme une tonne de briques. C'est quoi le rush, au fond ? J'ai encore ma job à temps partiel. Je peux prendre le temps d'envoyer des CV à des places qui me font rêver, moi aussi, et de me bâtir une carrière qui corresponde à ce que je veux vraiment.

Marjorie arrive à côté de moi alors que je nage encore en pleine révélation.

— T'es-tu correcte, Sa ? Ça fait comme cinq minutes que t'es stallée là.

Je dois admettre que je n'ai pas choisi le meilleur endroit pour être inspirée. Je complique la vie d'un peu tous ceux qui tentent de se frayer un chemin dans l'espace restreint où je me suis immobilisée.

— J'étais perdue dans mes pensées.

— J'ai ben vu ça.

Marjorie m'agrippe par les épaules pour me tasser doucement et libérer le passage. Je finis par sortir de ma torpeur.

— Je prendrai pas la job, Marje ! C'est décidé !

Sans même lui laisser le temps de réagir, je poursuis en éjectant ma pensée d'une traite :

— Au début de sa carrière, Dalí faisait du dessin parce que c'est ce que les gens attendaient de lui. Pis moi, j'ai passé l'université à faire ce qu'on attendait de moi pour plaire aux profs. T'sé quand tu parlais des conférences carrière, l'autre soir ? T'avais raison. Je savais ce que je voulais quand on était au cégep pis même au secondaire. À l'université, j'ai laissé les autres décider pour moi. Là, j'ai envie de faire ce que je veux. Je sais pas encore comment je vais y arriver, mais je ferai plus de choix en fonction des attentes des autres. Je refuse de prendre la route la moins épeurante parce que c'est plus facile de même.

Marjorie, qui jusque-là m'écoutait vider mon sac en silence, s'empresse de me prendre dans ses bras.

— Yes, Sara! C'est ça qu'il faut faire! Je suis contente pour toi!

C'est le cœur plus léger et le hamster galopant à faible régime que je repars en direction de la gare. On a décidé de retourner à Barcelone après la fermeture du musée, puisqu'on ne connaît pas l'horaire des trains et qu'on n'a pas tellement envie de rater le dernier, déjà que celui de 18 h vient de nous passer sous le nez. Alors qu'on se trouve sur le quai pour attendre le prochain, deux vieilles dames viennent s'asseoir sur le banc à côté du nôtre. Après avoir discuté avec enthousiasme, elles se mettent à rigoler comme deux gamines. Leur complicité, qu'on observe à la dérobée, nous attendrit.

— Nous aussi on va devenir des belles petites vieilles, Marje. J'en suis certaine.

— Dans notre cas, on risque d'en être deux qui gossent tout le monde avec leurs souvenirs.

— Ha ha! C'est clair! Déjà qu'on passe notre vie à se remémorer nos vieilles histoires du secondaire.

On chasse du pied des pigeons qui s'intéressent un peu trop aux collations qu'on vient de sortir de nos sacs et qui doivent faire patienter nos estomacs jusqu'au souper.

— Sache que même si un jour tu te mets à me raconter la même histoire quinze fois de suite, Sara, je vais être là pour t'écouter.

— Hon! Pis toi, si tu me fais répéter parce que t'as rien compris, je vais m'assurer de parler encore plus fort.

— Je te remercie d'avance.

— Pas de trouble! Unies dans le radotage et la surdité!

— Pis dans l'incontinence aussi, rendu là.

— Ich. J'espère que non.

— C'est une possibilité.

Sur cette projection d'avenir d'une honnêteté désarmante, on jette un dernier regard aux deux futures nous avant de s'engouffrer dans le train qui vient tout juste d'entrer en gare, unies pour l'heure par la simple envie de retrouver les rues animées de Barcelone.

• • •

Quand les cours à l'université ont commencé, on y a consacré tout notre temps, on se voyait donc pas mal moins souvent. Je prenais des nouvelles de Marjorie lorsque je la croisais dans la cuisine de l'appartement où, entre deux séances d'étude, on allait chacune se faire quelque chose de rapide. Quand c'est elle qui passait en premier et qu'elle se préparait des pâtes – à cette époque-là, l'alimentation de Marjorie était constituée presque uniquement de pennes et de sauce rosée en sachet –, elle s'assurait de m'en laisser une portion au chaud. Quand on n'arrivait pas à se voir, on s'écrivait des notes qu'on laissait traîner sur la table de la cuisine. On avait aussi pris l'habitude d'apposer sur la porte du réfrigérateur des publicités ou des images découpées dans les circulaires quand on savait que ça ferait rire l'autre. Si la porte de sa chambre était encore ouverte quand je rentrais à l'appartement après mon dernier cours de la journée, j'allais la voir pour jaser quelques minutes. Elle faisait la même chose. Parfois, elle passait devant mon miroir plein pied juste pour voir si l'agencement de ses vêtements avait de l'allure. Les veillées complètes à deux étaient devenues rares, c'est pourquoi, après une session teintée d'éloignement, on a fini par instaurer le concept de soirée pédicures et points noirs. Une occasion de se mettre à jour dans nos vies en même temps qu'on se ponçait les callosités sous les pieds et qu'on se nettoyait en profondeur les pores du nez. La première a eu lieu à l'hiver 2006, quelque part entre le début de la session et le rush de la mi-parcours.

— Checke ce que j'ai acheté à la pharmacie!

J'ai sorti de mon sac à dos une boîte de bandelettes désincrustantes qui délogent le sébum et les impuretés, ainsi que deux sachets de masque pour le visage aux abricots.

— C'est parfait! On commande-tu la pizza tout de suite?

On a attendu le livreur en ouvrant la bouteille de vin achetée par Marjorie au dépanneur – celle dont l'étiquette était décorée d'un cochon mignon et qui portait la mention «vin de table». Puis, une fois notre commande livrée, on s'est dépêchées de se coller chacune une bandelette sur le nez en riant, complices devant le miroir de la salle de bain. J'ai sorti mon appareil pour immortaliser cet instant. Sauf que j'ai oublié d'enlever le flash, ce qui nous a aveuglées un instant à cause du reflet dans le miroir.

— Je comprends pas comment on peut être célibataires. On est hautement désirables. Il y a des gars quelque part qui manquent quelque chose!

Un sourire qui en disait long s'est dessiné sur le visage de Marjorie, faisant craquer sa bandelette qui était en train de durcir.

— Parlant de ça, j'ai rencontré quelqu'un.

Un air surpris s'est invité sur le mien.

— Hein! Ben là! Depuis quand? Je le connais-tu?

— C'est un client du magasin. Il a presque notre âge. Genre cinq ans de plus, max.

Marjorie travaillait dans un magasin d'articles de cuisine de la rue Saint-Denis depuis qu'elle avait donné sa démission à la boutique de décoration qui lui donnait mal au cœur depuis deux ans – c'était la faute des bougies décoratives et des diffuseurs de parfums d'ambiance qui constituaient la majorité du chiffre d'affaires de l'entreprise. Elle n'avait fréquenté personne depuis que Julien lui avait brisé le cœur en deuxième année de cégep, alors il s'agissait là d'une information de la plus haute importance. On est revenues dans le salon pour manger notre pizza. Pendant qu'*Everybody's Changing* de Keane jouait en arrière-plan sur le lecteur CD de Marjorie, elle m'a tout raconté :

— Le gars est venu hier s'acheter une batterie de cuisine. On a passé vraiment beaucoup de temps ensemble et j'ai cru comprendre que sa blonde venait de le laisser. Pis là, j'ai son code postal. Je me demande si je dois faire quelque chose avec ça.

— Tu veux dire son numéro de téléphone ?

— Non, son code postal. Il faut le demander à chaque client pour savoir d'où ils viennent.

— Ah ! Faque ton plan c'est… ?

— De le stalker.

J'avais l'habitude de me montrer intéressée à l'idée de traquer les kicks de Marjorie, mais pas cette fois. Voyant que je ne partageais pas son élan d'enthousiasme, Marjorie m'a lancé :

— Je le vois dans ta face que tu crois que c'est pas une bonne idée.

— Ben… C'est juste que…

Depuis qu'on se connaissait, on s'était promis de se dire la vérité, toute la vérité, même celle qui fait mal et qui n'est pas toujours le fun à entendre. De se ramener quand l'autre piquait du nez. De s'investir dans ce qu'elle vivait comme si c'était notre propre vie. Elle m'avait ouvert les yeux sur Alexandre I, le premier gars que je trouvais digne d'intérêt depuis Seb et à qui j'avais brisé le cœur sans le vouloir parce qu'il s'intéressait beaucoup plus à moi que le contraire. C'était elle qui m'avait fait remarquer que je ne cessais de comparer Alexandre I et Seb, en donnant toujours l'avantage à ce dernier. J'avais essayé de lui ouvrir les yeux sur Rémi Petit et Julien, deux gars qui s'aimaient plus qu'ils ne s'intéresseraient réellement à elle. On s'était juré d'être nos baromètres même si des fois, on n'écoutait pas complètement l'autre. Reste qu'on avait besoin de l'entendre pour que l'idée fasse son chemin.

— ... Tu mérites mieux que des affaires compliquées pis pas claires. Surtout après ce que tu as vécu avec Julien. C'est à ton tour de te faire courir après.

Marjorie a accusé le coup. Sa balloune semblait avoir dégonflé, sans lui avoir pété dans la face pour autant. Elle a hoché la tête en fixant le vide.

— T'as raison. Je mérite que quelqu'un s'intéresse à moi pour de vrai.

— Pis ça va arriver. Juste peut-être pas lui? À moins qu'il revienne au magasin pour te demander ton numéro de téléphone avec une invitation pis toute.

— Ouin. Merci d'être la défenderesse de mon bonheur, Sara.

— Plaisir.

— Pis toi avec Alexandre II? Comment ça se passe?

Marjorie se forçait pour être fine. Chaque fibre de son être haïssait Alexandre, l'étudiant en cinéma que j'avais rencontré au party d'Halloween du département de communication. Selon elle, ses beaux yeux noirs me faisaient perdre tout jugement. Je devais admettre qu'il me tapait parfois sur les nerfs, surtout quand il se mettait à dire que le cinéma était un médium plus noble que la télévision, mais sa présence me convenait pour le moment, surtout que personne d'aussi beau ne s'était jamais intéressé à moi. Et puis, après avoir vu la tristesse dans les yeux d'Alexandre I quand je lui avais avoué que ça ne marcherait pas nous deux, je pense que j'ai été attirée par le côté détaché d'Alexandre II. Au moins, je ne risquais pas de lui faire du mal. J'en étais là dans mon raisonnement de vie.

— Ça va.

— Ça manque de points d'exclamation dans ta voix. Tu sais que tu mérites le ciel, toi aussi?

J'ai répété ma réponse, cette fois avec plus d'entrain.

— Ça va!!!

— Tu peux m'en parler, si tu veux.

— Je sais. Mais y'a pas grand-chose à dire pour l'instant.

Pour mettre un terme à la conversation que je ne voulais pas avoir, j'ai touché ma bandelette durcie. Le temps était venu. J'ai tiré sur les coins pour la retirer, Marjorie m'a imitée.

— Woah. La tienne est-tu aussi dégueu que la mienne ?

— Quand même.

Je suis partie vers la salle de bain pour voir mes pores de peau de plus près et rincer la colle sur mon nez pendant que Marjorie entrait derrière moi, sa bandelette dans une main et le seau pour laver les planchers dans l'autre. Elle a entrepris de le rincer dans la baignoire.

— Qu'est-ce que tu fais ?

— C'est pour la pédicure. Je viens de réaliser qu'on a pas de grand contenant dans lequel faire tremper nos pieds.

— On a le bac qui sert pour le lavage à main.

— C'est vrai. Je te le laisse. Le seau me dérange pas.

Marjorie a ajouté à l'eau une touche de bain moussant Fruits & Passion, un cadeau qui perdurait depuis un échange de cadeaux entre collègues. En voyant la mousse se former, elle s'est dépêchée de fermer l'eau. Elle s'est emparée du seau, de la pierre ponce et du vernis.

— Veux-tu toujours écouter *À tout jamais* avec Drew Barrymore ? Je vais m'occuper du DVD.

— Oui ! Je te rejoins tout de suite.

En préparant le bac dans lequel j'allais me faire tremper les pieds, j'ai savouré la simplicité de cette soirée. Avec Marjorie, pas besoin de sortir en grand pour avoir du fun. Pas besoin de travailler pour impressionner qui que ce soit. C'est dans des petites occasions comme celles-là que notre amitié me faisait le plus de bien.

MARJORIE

Ça doit faire une bonne demi-heure que je suis assise sur un banc au milieu d'un square du quartier El Raval, juste à côté d'un café qu'on a découvert il y a quelques jours. J'en suis à profiter du soleil et de la chaleur dont je ne me tannerai jamais quand Sara arrive en courant, à bout de souffle et en sueur.

— S'cuse-moi! Je trouvais pas d'horloge nulle part. Même les téléphones publics que j'ai croisés voulaient pas coopérer. Il a fallu que j'achète quelque chose à manger au marché de La Boqueria pour qu'on me donne une facture pis que je regarde l'heure indiquée dessus.

— J'admire ton dévouement.

— Est-ce que je suis ben en retard?

Je sors de mon sac le radio-réveil portatif que m'a prêté Roxane.

— Il est présentement 23 h 32.

— Moins six heures, donc 17 h 32. Pas pire.

Malgré de nombreuses tentatives, on n'était jamais parvenues à le mettre à l'heure de Barcelone depuis le début du voyage, ce qui fait qu'on se contentait de lire l'heure à rebours. On avait toutefois réussi, sans nous en rendre compte, à programmer une alarme qui avait réveillé tout le monde du dortoir en pleine nuit.

— Pis? Des nouvelles de Seb?

Cet après-midi, on avait décidé de faire visite à part. J'en avais profité pour aller voir le musée de la Casa Batlló, un projet que j'avais remis trop souvent à plus tard, tandis que Sara voulait retourner au café Internet pour écrire à Seb et déambuler sur La Rambla pour acheter quelques souvenirs.

— Il m'a confirmé qu'il viendrait nous chercher à l'aéroport. Je lui ai donné notre numéro de vol et notre heure d'arrivée.

— Sais-tu si JP va venir avec lui ?

Maintenant que notre voyage tire à sa fin, mes retrouvailles avec JP deviennent imminentes. Je lui ai acheté un souvenir que je compte utiliser comme prétexte pour lui parler sans que ce soit trop gênant. J'ai opté pour un verre à shooter avec le logo de l'équipe de soccer locale. Avec ce cadeau générique, j'espère lui montrer qu'il compte assez pour moi pour que j'aie gaspillé quelques euros sur un souvenir, sans toutefois m'être lancée dans la quête du présent parfait. Un genre de calumet de la paix de l'amitié.

— Il me l'a pas spécifié. Veux-tu que je lui écrive pour lui demander ?

— Meh, c'est pas nécessaire. Va falloir que je le revoie un jour ou l'autre. Aussi bien que ce soit le plus vite possible.

— Si ça peut te rassurer, dans son courriel, Seb disait que JP nous saluait.

— *Nous* saluait ou *te* saluait ?

— Je pense que c'était nous, mais je suis plus sûre. Disons que je me suis pas éternisée, le clavier était collant.

— Hum, agréable. Pis, as-tu trouvé des souvenirs pas pire ?

— Un aimant de frigidaire pour mon père pis c't'affaire-là pour ma mère. Je pense que ça sert à déposer les ustensiles sur la cuisinière pour pas la salir. En tous cas, je trouvais le dessin beau dessus.

— C'est vrai qu'il est beau.

— J'ai vu des chandails pareils vraiment quétaines. J'ai voulu les acheter pour faire une joke, sauf qu'ils étaient chers, faque j'ai pas osé.

— C'est pas grave.

— Y'étaient roses avec un cœur. En tous cas. Pis toi, la Casa?

Je lâche un soupir de bien-être. Le genre qui vient du cœur pis de la tête en même temps.

— Je retourne pas à Montréal avec toi, Sara. Je reste ici. Je suis juste trop bien.

— Tant que ça?

— C'était malade! Les couleurs, la forme. Des vitraux partout. Et plein de céramique! C'était compliqué pis simple en même temps. Attends, je te montre.

Je lui sors le visuel de ce que j'essaie de décrire avec si peu de vocabulaire et des explications sommaires. Sara approuve grâce à la vingtaine de photos que je lui présente en rafale, avant de me lancer:

— Faque t'es toujours partante pour ce soir?

Ce soir, comme dans « notre dernière soirée à Barcelone avant de prendre le chemin de l'aéroport demain ». Puisqu'on avait été pas mal sages au cours des derniers jours, on comptait bien se rattraper.

— À nous le Baja Beach Club!

— Je peux pas croire qu'on va aller là pour vrai!

Un soir qu'on se promenait dans le coin des bars et boîtes de nuit sur le bord de l'eau, on nous avait offert des cartes de visite de plusieurs établissements. Et d'après ce qu'on avait vu et entendu, le Baja Beach Club était tout ce qui ne nous attirait pas tant dans un bar à Montréal: de la musique d'un vibrant boum boum qui pénètre jusque dans la moelle, des filles en talons aiguilles, des gars avec des chaînes dans le cou et qui sentent l'après-rasage. On niaisait depuis des jours avec l'idée d'y mettre les pieds avant de partir, idée qui avait fait son chemin malgré nous, surtout qu'on nous avait refilé des coupons pour des consommations gratuites.

Quelques heures plus tard, après le souper, on est prêtes à sortir. Pour l'occasion, on enfile nos vêtements pas nécessairement les plus beaux, mais ceux qui flirtent le plus avec un semblant de propreté en cette fin de voyage sans faire de lavage et nos ballerines en cuirette qui ont passé la majeure partie de notre périple écrasées dans le fin fond de nos bagages. Un effort de style que reconnaît le portier du Baja Beach Club, vu qu'il nous laisse entrer sans même nous demander nos pièces d'identité. Le shooter gratuit qui vient avec notre carton d'invitation goûte plus le jus que l'alcool, mais c'est mieux que rien. Sur la piste de danse, un stroboscope travaille fort à mettre de l'ambiance. Entre deux éclats de lumière, on aperçoit le décor composé de dauphins peints sur les murs. C'est encore plus fabuleux que je l'imaginais.

— On danse-tu?

Je réponds à sa question en me mettant à bouger de tout mon corps – quelque chose qui se situe entre la Tecktonik et la crise d'épilepsie. C'est pas mal les seuls gestes que m'inspire la musique dont les basses volent la vedette. Sara m'imite en rajoutant des mouvements de jambes déconstruits pour la blague. Au bout de quelques minutes, elle cesse de danser – ou peu importe comment on peut nommer ce qu'elle faisait.

— C'est cardio pareil.

— Mets-en.

Malheureusement, le mal est fait: la combinaison de nos contorsions endiablées a fini par attirer l'attention d'un gars, qui danse maintenant près de nous en nous fixant avec insistance. Sara s'approche de moi et dit d'un ton moqueur :

— C'est peut-être ta dernière chance de frencher à Barcelone, Marje !

Le gars passe une main dans ses cheveux enduits de gel, un geste qui fait sûrement partie de son approche.

— Ma chance de le regretter, oui.

On décide de se déplacer un peu plus loin afin de le décourager dans sa tentative de séduction, mais le gars multiplie les déhanchements de danse lascive en notre direction. Sara lance, exaspérée :

— Les gars pis les pistes de danse à Barcelone, c'est pas facile.

— Sa détermination est impressionnante, mais triste en même temps.

Je sors mon appareil photo de son étui.

— Qu'est-ce que tu fais ?

— Peut-être que s'il se sent filmé, il va arrêter.

Eh bien non : la caméra donne encore plus de jus au gars qui, jusqu'à présent, ne communique avec nous que par le langage international de la danse. Le voilà d'ailleurs qui descend son bassin au plus bas que lui permet l'élasticité de ses jeans. L'absurdité de la scène déclenche un éclat de rire.

— Ben voyons donc, qu'est-ce qu'il nous veut ?

— Je comprends rien.

— Bon, je vais aux toilettes. M'attends-tu ici ?

— T'es-tu malade, toi ?

Avant de suivre Sara, je jette un dernier coup d'œil à notre danseur, qui tente tant bien que mal de se relever sans perdre l'équilibre. Le nez dans les airs à la recherche d'un panneau indiquant où se trouvent les fameuses toilettes, mon amie ne regarde pas tellement où elle s'en va, si bien qu'elle finit par provoquer un face-à-face avec un employé du club. Je devrais plutôt dire un face-à-torse-nu, parce que son visage s'étampe sur les pectoraux visiblement graissés à l'huile de coco d'un employé deux fois plus grand qu'elle. Sara rougit jusqu'aux oreilles avant de marmonner des excuses en anglais au gars qui ne porte qu'un boxer bleu aussi moulant que révélateur. Ses mamelons percés frappent eux aussi l'imaginaire.

— Euh, *sorry*!
— *Hey, what's your name, beautiful?*

Plutôt que de répondre à la question posée sur un ton mielleux, Sara se tourne vers moi.

— Faut que je lave ma face. Pis vite.
— Pourtant, c'est un traitement d'hydratation gratuit que tu viens d'avoir là.
— Ark!
— Les toilettes sont au fond là-bas.

Sara s'y dirige avec hâte. Pendant qu'elle entreprend de s'asperger le visage à grands coups d'eau chaude, je décide de faire ce que j'ai à faire aux toilettes.

— Sara, peux-tu tenir la porte, quand tu auras une chance? Elle barre pas.

Sur la pointe des pieds, elle s'exécute.

— Penses-tu que j'ai trompé Seb? Ma face a quand même touché son *chest*.
— Ben non. C'est juste drôle. Pis de toute façon, ce qui se passe à Barcelone reste à Barcelone.
— Ouin. Je vais quand même tout raconter à Seb. Tu me connais.
— *Go home, you're drunk.*
— Hein?
— S'cuse. Je viens de lire à haute voix un graffiti sur le mur.

Je sors de la cabine. Sara décide d'y aller, tant qu'à être dans le coin. Je me fais un devoir de l'avertir au sujet de ce qui l'attend de l'autre côté.

— La toilette flushe pas pis il reste genre deux carrés de papier.

— Yéééé. Je vais utiliser l'autre à la place.

Elle entre dans la cabine suivante. À mon tour de tenir la porte.

— Je te l'ai pas dit tantôt, Sa, mais je trouve que les boucles d'oreilles que tu as achetées ce matin te vont vraiment bien.

— Merci! Je les aime beaucoup! Toi, tu changes pas d'idée pour les souvenirs? T'as pas peur de regretter d'avoir rien acheté?

— Bah non. J'ai rien vu qui m'intéressait.

Sauf peut-être un petit quelque chose qui traîne sur le comptoir de la salle de bain en ce moment même... Dans un coin se trouve un verre de bière esseulé, laissé derrière par une cliente du Baja. Alors qu'on se dirige vers les lavabos pour se laver les mains, je m'en empare.

— Il est beau, non?

— C'est vrai.

— Bon ben, le v'là, mon souvenir de Barcelone.

Je vide le verre dans le lavabo et le rince avant de l'essuyer du mieux que je peux avec du papier de toilette tellement mince que mes doigts passent au travers, puis je le glisse dans ma sacoche sous le regard stupéfait de Sara.

— Pis si tu te fais pogner?

— Je me ferai pas pogner. Il y a des dizaines de verres abandonnés partout dans le bar. Un de plus, un de moins...

Sara, sur le point de se laisser convaincre par la gratuité de la chose et la facilité du petit larcin, empoigne un verre abandonné par terre, quand une fille entre dans la salle de bain. Se sentant traquée, elle porte le verre à ses lèvres pour neutraliser tout soupçon chez la fille qui nous jette à peine un regard. Je la fixe avec horreur.

— Viens-tu vraiment de coller ta bouche contre un verre que tu connais pas ?

— J'ai paniqué !

— Comment tu penses que ça se pogne un feu sauvage ?

— J'aurais aimé mieux que tu me dises pas ça.

Sara lave le verre en vitesse, puis le glisse à son tour dans sa sacoche. On revient sur la piste de danse le temps d'une chanson pour éviter d'avoir l'air louche, avant de tracer notre chemin vers la sortie.

— C'est-tu moi, Marje, ou le portier nous regarde bizarre ?

— Ben non. Personne nous regarde.

— J'ai l'impression que le barman nous dévisage. Penses-tu qu'il sait ? C'est sûr qu'il sait ! Je pense qu'on ferait mieux de s'en aller !

Sans aucun avertissement, Sara met le cap vers la sortie. Elle accélère tellement le pas que je dois me précipiter à ses trousses, ce qui n'est pas évident avec des ballerines qui glissent. On franchit trois coins de rue, avant de s'asseoir sur une chaîne de trottoir devant une barrière en fer sur laquelle est dessiné un graffiti de tête de mort. Je tente de reprendre mon souffle, quand une odeur me monte au nez.

— Ouf !

— Ça surprend toujours, hein !

— Barcelone ne serait pas Barcelone sans cette draft d'égout là.

— Faque tu veux toujours déménager ici ?

— Nah. Je pense que je m'ennuierais trop de la maison, de toi, pis des gars.

— Je viendrais te visiter.

— J'aime ça, Montréal, dans le fond, même si des fois ça pue aussi.

— Pis moi, j'aime ça Montréal quand t'es là.

• • •

Au cours de nos dix ans d'amitié, on a fait d'excellents choix, mais des douteux aussi. Comme lors d'une certaine soirée de février 2007. Je m'apprêtais à passer une soirée d'anti-Saint-Valentin à écouter un film d'horreur en pyjama, quand Sara est arrivée en furie à l'appartement. À voir l'agacement qui l'habitait, sa mise au point avec Alexandre II s'était plutôt mal passée. C'était à prévoir : elle avait compris, en le voyant goûter des yogourts au banc d'essai de l'émission *L'épicerie* en compagnie d'une autre fille, que leur relation n'était pas exclusive. La conversation qu'elle voulait avoir avec lui ne s'annonçait pas très agréable.

— Hey ! Comment ça v...?

Je n'avais même pas eu le temps de formuler le dernier mot de ma question qu'elle lâchait :

— J'haïs toute. Habille-toi, on sort.

— Pour aller où ?

— On s'en va dans un party.

— C'est-tu un party de Saint-Valentin ? Tu sais que j'haïs ça, moi, la Saint-Valentin.

Peut-être parce que je n'avais jamais reçu de vrai valentin lors de la journée consacrée à l'amour ou que je n'avais jamais été assez longtemps avec un garçon pour célébrer cette fête, je la détestais profondément. Il n'y avait que la partie « chocolat » qui ne me déplaisait pas trop. Sara m'avait gratifiée d'un regard noir. J'ai compris que c'était un de ces soirs où je devrais faire preuve de souplesse.

— C'est un party d'anti-Saint-Valentin ou quelque chose de même. C'est une fille à l'école qui m'en a parlé pis j'ai vraiment besoin de sortir.

— Qu'est-ce qui se passe?

— Il se passe qu'Alexandre II est un maudit épais.

Elle a rajouté, comme si son plaidoyer n'était pas suffisant:

— Je viens de le flusher. Il m'a confirmé qu'il voyait pas juste une fille, mais *des* filles. Depuis des mois, imagine-toi donc!

— Je vais m'habiller. Veux-tu qu'on appelle Seb pis JP?

— Non. J'ai pas envie de devoir m'expliquer. On sort entre filles.

Il fallait être un peu maso pour mettre le nez dehors ce soir-là, parce qu'une tempête monstre faisait rage, mais Sara était déterminée à geler la peine qu'elle ressentait et sortir dans le froid ferait la job. Aller veiller en grosses bottes d'hiver était digne d'une contravention de style donnée par Jean Airoldi, seulement on n'avait pas vraiment le choix étant donné qu'on était trop pauvres pour se payer le taxi. On est arrivées à La Sala Rossa sur le boulevard Saint-Laurent, le bas collant frigorifié d'avoir été attaqué à maintes reprises par des bourrasques sans pitié. Déjà dans le lobby, ça grouillait de monde. On a payé notre entrée, on s'est fait étamper le poignet, puis la fille responsable de l'organisation de la soirée nous a révélé quelques informations utiles:

— Le vestiaire est à droite. Vous êtes en couple ou célibataires?

Elle nous a remis un collant destiné à être apposé sur nos robes et qui dévoilait notre état civil.

— Ça, c'est votre billet pour la consommation gratuite, pis ça, c'est votre billet pour le french.

«Le french?» Même si entendre le mot nous faisait un peu paniquer, on a fait semblant de rien. Quelques mètres plus loin, on a regardé le fameux ticket. Dessus était écrit: «Permission de frencher.»

— Où est-ce que tu m'as emmenée, Sara Langlois ? Je pensais que c'était une soirée anti-toute !

Sara paraissait déconcertée. Heureusement, la fille qui l'avait invitée est venue à notre rencontre. Voyant notre air incrédule, elle s'est lancée dans des explications :

— C'est un concept "Frencher pour frencher". Dans le fond, c'est comme un party normal, sauf que tu sais d'avance si la personne est célibataire ou pas. Si t'as envie de frencher quelqu'un, t'as juste à lui présenter ton ticket. Si ça lui tente aussi, vous frenchez, pis sinon, tu peux aller voir quelqu'un d'autre. Ça facilite la première approche.

Ce n'était pas mon genre de place pantoute. J'avais frenché deux gars dans ma vie, Sara avait à peu près la même moyenne, et le DJ ne faisait jouer que des slows. Même si j'aimais donner l'impression que j'étais une fille volontaire, je mourrais par en dedans pis Sara aussi – je le sais parce que c'est la première chose qu'elle m'a confiée quand son amie est partie.

— Je m'excuse, Marje. Je savais pas que ça allait être ça. Je suis comme pas bien. Veux-tu t'en aller ?

— On peut toujours prendre notre verre gratuit pis voir après. J'ai pas tellement envie de retourner dans la tempête tout de suite. Je vais me dégeler les cuisses avant.

— Ok ! Bonne idée.

Au moins, la soirée était jeune et personne autour de nous ne frenchait encore, à part ceux qui étaient venus en couple. Les célibataires se zieutaient à distance, d'un air gêné. C'était aussi malaisant qu'un party de sous-sol de secondaire, à l'exception du plus vaste choix d'alcool. On s'est installées dans un coin tranquille pour boire notre bière quand *Wind of Change* de Scorpions s'est mis à jouer. Deux célibataires ont entrepris de se frencher direct devant nous. Pour couper court au malaise qui nous habitait toutes les deux, j'ai commenté :

— L'amitié, c'est ben plus précieux que l'amour, si tu veux mon avis.

— Vraiment.

Après une bière, puis une seconde payée de notre poche en attendant que le line-up se calme au vestiaire et qu'on puisse récupérer nos manteaux, notre opinion avait quelque peu changé...

— Je frencherais ben pareil. Ç'a l'air le fun. Pis facile.

— Moi aussi.

Comme s'il avait entendu notre conversation, un gars avec un très long nez s'est approché de nous.

— C'est bizarre comme concept de soirée, vous trouvez pas?

On s'entendait tous là-dessus. Son ami l'a rejoint. Je le trouvais assez cute. Ça tombait bien, parce que le gars au long nez semblait avoir des vues sur Sara. Au début, on jasait à quatre, puis rapidement, on s'est divisés en deux duos pour s'entendre parler. On a discuté de plein d'affaires pas très importantes. De la tempête de neige, de mes bottes d'hiver qui laissaient des traces d'eau sur le plancher, de la musique qui jouait, de la sorte de bière qu'on buvait. Au bout de quelques minutes, il m'a tendu son ticket et m'a demandé:

— Ça te tente-tu de frencher?

J'ai regardé Sara du coin de l'œil. Elle était toujours en grande conversation avec le gars.

— Ouais, ok.

C'était bizarre comme entrée en matière. Il s'est penché vers moi et a collé ses lèvres sur les miennes. Il a poussé sa langue dans ma bouche. J'ai enroulé la mienne sur la sienne. Et ça s'est terminé aussi vite que ça avait commencé. Il m'a souri, puis il est parti. Je n'étais toujours pas certaine de bien saisir le concept. Sara est venue me rejoindre.

— OMG, Marje! Tu viens de frencher un inconnu! Comment c'était? C'était-tu weird?

Pour être honnête, je n'avais pas ressenti grand-chose. Sans sentiments, c'était bien juste deux langues qui se rencontraient. Deux salives qui se mélangeaient. Frencher pour frencher, c'était moyennement le fun, surtout si une haleine mélangeait alcool et cigarette.

— C'était correct, j'imagine. Pis toi ? J'ai pas vu si…

— Il s'est rien passé. Je pensais pouvoir me venger d'Alexandre II, mais je suis pas capable. Je pense que le gars a senti que ça arriverait pas.

— Veux-tu qu'on retourne à la maison pis qu'on se commande de la grosse junk ?

— Envoye donc.

On a laissé nos tickets de frenchage sur une table, dans l'espoir que quelqu'un d'autre au bar les utilise mieux que nous, puis on est revenues à la maison pour célébrer notre célibat pas-si-pire-que-ça-finalement dans le confort de nos pyjamas.

SARA

Après presque deux semaines de voyage, je croyais être prête à rentrer à la maison. Je commençais à avoir fait le tour de la paëlla gratuite et ça ne m'amusait plus tellement de rentrer au dortoir le soir pour m'apercevoir que quelqu'un d'un peu saoul avait confondu mon lit avec le sien – c'était arrivé trois fois durant notre trip. Pourtant, une vague d'émotion m'envahit quand je pose le pied sur le sable de la Barceloneta une dernière fois pour faire mes adieux à la ville. Je repense à nos activités, aux gens croisés sur notre chemin, et aussi à la vie qui va continuer ici une fois qu'on va être parties.

— J'aimerais ça pouvoir apporter Barcelone à la maison. Genre, tout ça.

Je tends les bras devant moi, vers l'infini. Marjorie renchérit :

— Dans une petite valise qu'on peut ouvrir quand on est en manque de soleil pis de tapas.

— Ça se vendrait.

— C'est clair !

Marjorie sort son cadran de sa sacoche pour regarder l'heure. Il nous reste vingt minutes avant de devoir rebrousser chemin jusqu'à l'auberge de jeunesse pour récupérer nos bagages et nous rendre à l'aéroport. Les adieux, c'est maintenant ou jamais. Je prends une poignée de sable et la jette dans l'eau en un geste hautement symbolique.

— Barcelone. Je veux te remercier. Tu m'as révélé des affaires sur moi-même. Tu m'as vraiment fait mal aux pieds aussi, sauf que ça en a valu la peine.

À son tour, Marjorie se saisit d'une poignée.

— Merci, Barcelone. Tu m'as vraiment fait beaucoup de bien à une période de ma vie où j'en avais besoin. T'as été divertissante, même si tu m'as pris ma carte de débit.

— Merci, Barcelone, pour tes autres imprévus pas mal plus le fun...

— ... ton architecture de feu...

— ... ta bouffe qui fait saliver...

— Mais pas merci pour la paëlla que j'ai mangée sur La Rambla, par exemple. Elle m'a donné des crampes et c'était clairement la faute des moules.

Sur cette confidence d'une honnêteté désarmante, on a amorcé notre départ. On a atterri à Montréal avec des bagages beaucoup trop lourds qui flirtaient avec l'illégalité, en raison du nombre exagérément élevé de bouteilles de vin cachées dans nos vêtements sales et nos serviettes de bain encore humides.

J'en suis à dévisager tout le monde à la sortie du corridor des arrivées, quand je vois au travers de mes lunettes aussi grasses que mon front une pancarte qui attire mon attention. Une pancarte avec mon nom et celui de Marjorie. Je me souviens d'avoir confié à Seb une fois que c'était le genre de gag qui me faisait vraiment rire et que j'en rêvais secrètement. Et il s'en était souvenu! Je lâche la poignée de ma valise et je me précipite dans ses bras. L'intensité avec laquelle je l'enlace le surprend un peu, lui qui tient encore la pancarte à bout de bras. Il finit par la déposer pour me serrer très fort avant de m'embrasser.

— T'es encore plus beau que dans mes souvenirs !
— Tes souvenirs ? Ça fait juste deux semaines que t'es partie !
— On dirait que t'es plus grand. Ça se peut-tu ?
— Ça m'étonnerait ben gros.

Cet humour sarcastique. Ce sens de la repartie. Cette odeur parfaite dégagée par son t-shirt. Mes hormones sont dans le tapis. Seb se tourne vers Marjorie, qui regarde nerveusement autour d'elle.

— Marjorie ! Content de te revoir.

Il ajoute, parce qu'il sait lire en filigrane sa nervosité :
— JP est pas là, en passant. C'est juste moi.

Les épaules de Marjorie tombent un petit peu et ce n'est pas uniquement en raison du poids de son sac. Le soulagement se lit sur son visage.

— Belle pancarte ! Merci d'être venu nous chercher.
— Plaisir ! Faque c'était le fun Barcelone ?

Marjorie hoche la tête pendant que moi, je réponds :
— On a plein d'histoires à te raconter. J'espère que t'es prêt !
— L'auto est stationnée pas trop loin, si vous voulez y aller.

Seb saisit la poignée de ma valise.
— Il y a beaucoup de vin, là-dedans.
— C'est pas ce que j'ai déclaré au douanier, en tous cas.

Dans l'auto, on résume à Seb la version propre de notre voyage. Celle qui met l'accent sur les belles choses qu'on a visitées et les gens cool qu'on a rencontrés, en omettant les histoires trop gênantes. Pour l'instant, du moins. En retour, il nous informe de ce qui s'est passé par chez nous pendant qu'on vivait notre vie dans une autre dimension. Il nous parle de tout, sauf de JP. On a droit à l'anecdote du voisin qui a abusé du maniement de sa scie ronde plusieurs matins d'affilée, à celle de la disparition mystérieuse des bacs à recyclage du bloc appartements, ainsi qu'à celle du chat qui est entré par effraction chez le voisin d'en dessous.

Dès qu'on se retrouve entre les quatre murs de ma chambre, la porte fermée, loin des oreilles de Marjorie, qui pique une sieste, je me dépêche de le questionner sur l'état d'esprit et de cœur de son coloc.

— Faque, qu'est-ce qui se passe avec JP ? C'est-tu comme un terrain miné ?

— Bah, je pense pas.

— Est-ce que Marjorie peut le contacter ? Il va-tu être ouvert à la discussion ? En avez-vous parlé pendant qu'on était parties ?

— Parlé de ?

— Marjorie.

— Non.

— Pas une fois ?

— Ben, peut-être une fois.

— Pis qu'est-ce qu'il a dit ?

— Il a dit... Eille, on peut-tu continuer de parler en étant tout nus dans le lit ?

— Hein ? Pourquoi y'aurait dit ça ?

Seb s'avance pour m'enlacer.

— C'est moi qui dis ça. Là, maintenant. As-tu envie qu'on se mette tout nus en dessous des couvertes ?

— Certain !

J'ouvre la fenêtre pour faire aérer la pièce qui n'a pas été ventilée depuis deux semaines, tout en gardant les rideaux tirés. Avec précipitation, on enlève nos vêtements avant de se glisser sous les couvertures. Seb s'approche de moi et me serre fort contre lui.

— Tu m'as vraiment manqué, Sara.

— Il y a plein de choses que t'aurais aimé, Seb! Et tellement d'affaires que j'aurais voulu que tu voies.

Je commence à lui en énumérer quelques-unes, avant que le manque de sommeil et les deux vols qu'il a fallu prendre pour revenir à la maison finissent par rattraper ma tête. D'autant plus que mon corps collé contre le sien ramollit mon esprit sur un méchant temps... Je ne me souviens pas de m'être endormie, mais quand je me réveille, en sursaut, Seb s'extirpe du lit avec bien peu d'agilité.

— Tu t'en vas?
— Oh non! Je t'ai réveillée!
— C'est pas grave.
— Oui. Je travaille tantôt.

Je délie mes bras et mes jambes sous les couvertures.

— Faut que je me lève, anyway. Je dois faire du lavage, transférer mes photos dans mon ordi, préparer une clé USB des meilleures pour Marjorie, appeler à la job pour connaître mon horaire de la semaine pis écrire le courriel que ça me tente pas d'écrire.

— Le courriel?
— Pour l'emploi de coordo. On a pas eu le temps de s'en parler, mais je vais dire non. Je t'expliquerai ça plus tard.

Seb, qui a renfilé ses vêtements, est sur son départ. Il me colle sur le front un bec dont la succion est aussi impressionnante que sonore. Je fais mine d'être soufflée par sa démonstration d'affection. C'est bon de retrouver ses niaiseries.

— Pour JP, je dis quoi à Marjorie?
— Ben, rien.
— Comment ça, rien?
— C'est à eux de se parler. On peut pas faire grand-chose.
— C'est tellement difficile pour moi de me mêler de mes affaires!

— T'es faite forte, Sara!
— Ouais, ouais.
— On s'appelle plus tard?
— C'est sûr!
— Je t'aime.
— Moi aussi, je t'aime.

Je me lève paresseusement pour me rhabiller et démarrer mon ordinateur. Pendant qu'il réchauffe, j'appelle ma patronne. Pas de réponse. Je laisse un message sur sa boîte vocale, puis je prends mes courriels. Celui que je redoutais m'apparaît.

Salut, Sara,
Je me demandais si tu avais eu le temps de penser à notre proposition pour le poste en coordination. On aimerait bien avoir la chance de travailler avec toi; Isabelle nous a vanté ton travail. Peux-tu me donner une réponse dès ton retour, s'il te plaît?
À bientôt,
Caroline

J'en suis à formuler de belles phrases pour décliner poliment l'offre quand mon téléphone sonne.
— Oui, allô?
— Salut, Sara! Tu as fait bon voyage?

C'est la voix de Sylvie au bout du fil, la propriétaire de la petite entreprise d'animation de fêtes d'enfants. Même si elle paraît joyeuse, je sens que quelque chose ne va pas. Après avoir échangé quelques mots, je lui demande mon horaire. Elle s'éclaircit la voix avant de répondre:
— En fait, Sara, j'ai pas d'horaire pour toi pour le prochain mois. Je t'épargne les détails des petits problèmes de gestion qu'on a. Je sais que tu reviens de voyage, mais euh...

c'est un peu compliqué actuellement. Veux-tu que je garde ton nom si jamais les choses repartent?

«Si jamais les choses repartent?» Comme dans «j'ai plus vraiment de job»?

— Euh... ok.

— Super! Bon été à toi! On se reparle peut-être bientôt.

Je raccroche, sonnée. La grande clarté qui m'a habitée depuis le musée Dalí s'envole d'un coup, noyée dans l'anxiété et la peur qui me happent. Mon plan, celui de profiter de ma job à temps partiel pour penser à ce que je veux, vient de tomber à l'eau. Je me dépêche d'aller voir l'état de mon compte bancaire. Mon cœur se met à accélérer alors que les chiffres dansent devant mes yeux. Même si Marjorie a promis de me rembourser bientôt ce qu'elle me doit, la conversion en euros fait mal et il me reste vraiment moins d'argent que je pensais. Sans compter que le remboursement de mes prêts étudiants doit s'amorcer bientôt. Un énorme juron me traverse l'esprit. J'ai besoin d'une job dans le genre maintenant, si je ne veux pas me retrouver à sec. À contrecœur, j'efface le message d'excuse que j'avais commencé à adresser à Caroline. Tant pis pour les rêves. Ce n'est pas évident de faire ce qu'on veut quand on n'a plus une cenne.

• • •

En mai 2007, deux mois avant d'aller en road trip sur un nowhere avec Sébastien, je suis partie en expédition avec Marjorie. Ça nous arrivait à l'occasion de prendre le métro et de descendre à une station où on n'avait jamais mis les pieds pour découvrir une nouvelle contrée montréalaise. Cette fois, c'était destination Plaza Saint-Hubert, un endroit dont on avait surtout entendu parler pour ses fameuses robes de mariées. Après s'être collé le nez à quelques vitrines, on a passé la porte de la friperie Renaissance. On avait bon espoir d'y dénicher des coupes à vin pas chères pour remplacer celles qu'on avait brisées au fil de nos soirées alcoolisées. Dès notre arrivée dans la section de la vaisselle, on en a vite repéré quatre dépareillées qui feraient l'affaire. Puis, parce qu'on n'avait pas fait tout ce chemin-là pour rien, on s'est mises en quête d'achats à bas prix pour garnir notre appartement.

— Regarde, Marje, les jeux de société !

J'ai ouvert la boîte d'un Scattergories. Les planchettes étaient là, ne manquait que le buzzer. Je suspectais qu'il avait été lancé au bout de ses bras par quelqu'un qui en avait eu sa claque de mourir du cœur un peu chaque fois qu'il retentissait.

— Hey, Sa ! J'ai quelque chose qui va faire ton bonheur !
— Quoi ?

Elle m'a montré un jeu de *Qui est-ce ?* dont la boîte rafistolée mille fois tenait par deux bouts de *tape*. À l'intérieur, nos préférés étaient tous là : Maria avec son béret vert, Peter avec son gros nez, Sam avec sa calvitie et Claire avec son chapeau fleuri.

— Ben là ! On le prend !
— J'avais jamais remarqué à quel point le gars sur la boîte ressemblait à Devon Sawa.
— C'est vrai ! Ça me donne le goût de réécouter *Casper*.
— Tellement ! C'était bon, ce film-là !
— Ils l'ont peut-être ici. On devrait aller voir, tout à coup qu'on tomberait dessus.
— Bonne idée !

J'ai continué de fouiller pour mettre la main, une étagère plus loin, sur un jeu de tarot. Je me suis empressée de lui montrer ma trouvaille.

— Ça pourrait être pratique d'en avoir un. T'sé pour savoir quand on va enfin rencontrer le grand amour !

Le vieil élastique séché qui retenait le paquet m'est resté dans les mains quand Marjorie a tiré l'une des cartes. Au verso est apparu un cœur transpercé par des épées. Elle a laissé échapper un soupir de découragement.

— Un cœur malmené. L'histoire de ma vie !

— C'est peut-être positif, on sait pas !

— Avec trois épées, pas sûre.

À mon tour, j'ai tiré une carte.

— Une madame toute nue qui verse de l'eau dans un ruisseau. Qu'est-ce que tu penses que ça prédit à propos de ma vie amoureuse ?

Marjorie a levé un sourcil. Un sourire s'est dessiné sur ses lèvres.

— Que Sébastien va laisser Noémie avant la Saint-Jean pis qu'après, vous allez tomber follement amoureux !

Cartes de tarot ou pas, Marjorie prophétisait de façon régulière à propos de la fin de l'histoire d'amour entre Sébastien et Noémie. Pourtant, leur couple avait survécu à une crise de confiance cet hiver, quand Noémie nous avait surpris, Sébastien et moi, à écouter *Friends* sur un même divan alors qu'il lui avait dit qu'il prenait la soirée pour étudier.

— Arrête avec ça ! C'est une vieille affaire.

— De quoi ?

— L'idée de Seb et moi. On parle d'un kick du secondaire. Il laissera jamais Noémie. Pis on sortira jamais ensemble, lui et moi.

— Non, ça, c'est une vieille affaire.

Elle a pointé un toutou d'ourson élimé qui semblait avoir connu une meilleure vie au cours des années 1970.

— Une vieille affaire qui sert à faire des cauchemars, oui.

Marjorie a jeté un œil à des robes à paillettes suspendues de l'autre côté des jouets.

— Pense ce que tu veux, je suis certaine que ça va finir par arriver.

— Pantoute.

— On gage-tu?

Quand elle était poussée dans ses derniers retranchements par mon obstination et qu'elle voulait prouver son point, Marjorie finissait immanquablement par me proposer une gageure.

— On peut ben. Tu veux gager quoi?

— Attends que j'y pense...

Marjorie a laissé le suspense perdurer jusqu'à ce qu'on se retrouve sur le trottoir devant le magasin, nos nombreux achats dans les mains.

— Si j'ai raison pour l'affaire de Seb et Noémie, tu poses ta candidature pour cette job-là.

Sur un poteau était fixée une affiche avec des petites languettes pendantes sur lesquelles était inscrit un numéro de téléphone. Je me suis approchée pour voir de quoi il s'agissait.

— Tu me niaises?

— Je pensais que t'avais pas assez d'heures avec ta job actuelle!

— C'est une annonce pour une job de mascotte, Marjorie Morin!

— C'est ça qui est drôle! Au pire, tu fais juste appeler! Ce qui m'intéresse, c'est de savoir comment ça se passe quand t'appelles pour une job comme celle-là.

— Ah, pis pourquoi pas! Tu gagneras pas anyway!

J'ai accoté sur le poteau le laminé du golden retriever avec une rose dans la gueule que je venais d'acheter, et on s'est serré la main en guise d'accord. Deux semaines plus tard, au début juin, l'impensable s'était produit: Sébastien avait laissé Noémie. Jean-Philippe nous avait appris la bonne nouvelle en débarquant chez nous avec une bouteille de mousseux pour fêter l'événement.

Chose promise, chose due! Je me suis emparée du numéro de téléphone qui était toujours épinglé sur le babillard de Marjorie, j'ai composé les dix chiffres sur mon flip Razr rose flash et je l'ai mis sur haut-parleur afin que Marjorie et Jean-Philippe puissent eux aussi entendre la conversation.

— Oui, allô. Je m'appelle Sara Langlois. J'appelle pour la job de mascotte.

Et ce qui devait être une blague s'est transformé en quelque chose de vrai quand j'ai entendu la voix sincère et souriante de Sylvie à l'autre bout du fil.

— Seriez-vous disponible pour une entrevue demain, Sara?
— Demain? Euh…

Marjorie s'est étouffée avec son verre de bulles qui, à voir ses yeux pleins d'eau, lui était remonté dans le nez. Jean-Philippe, lui, se bidonnait en silence, usant d'une gestuelle qui me déconcentrait totalement. De la main, je leur ai fait signe de mieux se gérer.

— Oui, je peux être là demain. Merci!

C'est ainsi que vingt-quatre heures plus tard, moi, Sara Langlois, je devenais officiellement mascotte de fêtes d'enfants, gracieuseté d'un pari perdu avec Marjorie Morin et du célibat retrouvé de Sébastien Simard.

MARJORIE

Le retour a frappé fort. Je m'ennuyais du soleil, de la chaleur, des tapas et de la simplicité de la vie en voyage. Je regardais avec nostalgie mes photos et celles que Rhiannon, Kirsty, Claudia et Jessica avaient publiées sur Facebook, je mangeais des patates avec de la sauce épicée en essayant de me faire accroire que j'y étais encore. Sauf que j'étais bel et bien de retour à Montréal, reprenant ma vie d'avant. Celle où je n'avais reçu aucune autre réponse à tous les CV que j'avais envoyés. Ma vie où je travaillais au club vidéo avec JP.

Trois jours après avoir quitté Barcelone, c'est le cœur battant que j'ai poussé la porte de la salle des employés. Je savais que Jean-Philippe serait de l'autre côté : Karima me l'avait confirmé au téléphone en me donnant mon horaire des deux prochaines semaines. Même si je me doutais que ça allait être bizarre quand on se reverrait, j'étais heureuse qu'il n'ait pas changé ses journées de travail dans le but de m'éviter.

J'entre dans la salle tout juste comme il dépose ses affaires dans son casier. Il lève la tête et m'aperçoit. Lui non plus ne paraît pas surpris de me voir. Heureusement, il ne semble pas vouloir m'ignorer.

— Salut, Marjorie.
— Salut, JP. Ça va ?
— Oui, et toi ?

— Ouais.

— Tu as fait bon voyage ?

La phrase sonne faux dans la bouche de JP – comme s'il se forçait pour s'exprimer en bon français. Ce que je craignais se produit : on ne sait plus comment agir l'un envers l'autre. La camaraderie si naturelle qui existait entre nous a foutu le camp en même temps que j'ai coupé court à sa déclaration d'amour. J'acquiesce, sans toutefois entrer dans les détails. Je n'ai pas envie de risquer le dialogue qui vient de s'établir. Je le relance d'une question qui sonne tout aussi faux pour maintenir notre semblant de lien :

— Est-ce que ç'a bougé beaucoup ici pendant que j'étais partie ?

— Comme d'habitude, là. Un peu de nouveautés, pas mal de porn. On a changé la disposition de la deuxième rangée. Pis Luis s'est trouvé une nouvelle job.

— Karima m'a appris ça. On va enfin pouvoir écouter autre chose que *Le parc jurassique* en travaillant !

Jean-Philippe esquisse un sourire timide. C'est prometteur.

— Il a pas donné deux semaines d'avis, faque Robert était en criss. J'ai pu travailler pas mal dans la dernière semaine, par contre.

— C'est cool, ça.

— Ouais. Avec la session finie pis le déménagement qui s'en vient, ça se prend bien.

Jean-Philippe se tasse de devant les casiers pour que je puisse y déposer mes choses à mon tour. J'en profite pour lui offrir ce que je lui ai rapporté.

— Tiens. Cadeau pour toi.

J'avais fait ça simple, pas de papier d'emballage ni rien. Il regarde le présent en silence. Je me sens obligée de spécifier :

— C'est un verre à shooter. Pour faire des shooters. Le logo dessus, c'est celui de l'équipe de Barcelone.

— Oui, je connais. Je les suis depuis plusieurs années. Je suis un grand fan!

Moi qui voulais lui offrir un cadeau neutre, c'est raté. À quel point je connais bien JP, dans le fond? Pendant un instant, je regrette de ne pas avoir écouté Sara qui me disait que ce n'était pas nécessaire de lui ramener un souvenir. Une offrande cheap ne peut pas être confondue avec une déclaration d'amour, non?

— C'est gentil de ta part. Merci, Marjorie!

Nos regards s'accrochent l'un à l'autre un bref instant. Je profite de l'ouverture qui vient de se créer pour dire à JP ce que j'ai en tête depuis mon retour en ville.

— Euh... JP. Euh... Je voulais juste m'excuser pour ce qui s'est passé avant que je parte en voyage. Le matin, au dépanneur, pis devant chez nous. Quand tu... Ben, tu sais là, ce que tu m'as dit, pis toute... J'étais lendemain de veille, j'avais juste la tête au voyage pis ça s'est fini poche. T'es mon ami pis tu méritais pas que ça se passe de même. Je comprends pourquoi tu m'as dit ce que tu m'as dit. Pis je veux pas créer un autre malaise, mais j'espère sincèrement qu'on va pouvoir recommencer à être amis.

Jean-Philippe tourne le verre à shooter à l'envers. Il observe l'étiquette en dessous avant de la décoller à l'aide de son ongle. Shit de shit. J'ai oublié d'enlever le prix!

— Un gros deux euros, hein?

Je m'apprête à lui sortir une réplique pleine d'esprit, quand, sans crier gare, il me colle l'étiquette du prix entre les deux sourcils. Son geste amical me surprend positivement.

— Sur le front, vraiment?

— Je voudrais pas que tu t'imagines des affaires.

Le voilà qui retrouve son sens de l'humour. Finalement, les choses se placent plus vite que je l'espérais.

— On a jamais cessé d'être amis toi pis moi, M. En tous cas, pas de mon bord. Pis t'as pas à t'excuser. C'est pas contre toi. C'est juste que ben... T'sé... c'est malaisant. Je suis conscient que c'est bizarre à cause de moi, mais j'ai pas envie que ça le soit. Ç'a-tu du sens ce que je te raconte là ?

— Ouais. Vraiment.

Robert, notre patron, arrive sur les entrefaites. Il garde une main sur la porte de la salle des employés pour la tenir ouverte.

— JP, Marjorie, vous savez à quel point je vous aime, mais je vous aime encore plus quand vous travaillez. Allez donc finir votre papotage ailleurs !

JP fait un signe de scout à Robert et on se dirige vers le plancher d'un même pas.

— Faque ton voyage ? C'était le fun ?

— Oui ! C'était le fuuuuuuuuuun !

Je lui raconte avec beaucoup trop de détails l'anecdote de Sara la face étampée contre le chest huilé du gars dans le bar, il laisse échapper un éclat de rire qui me fait chaud au cœur. Même s'il faudra du temps avant que les choses reviennent à la normale avec JP, au moins, on est capables de se parler comme deux amis et ça, c'est un bon début.

•••

L'une des choses pour lesquelles j'étais reconnaissante de mon amitié avec Sara, c'étaient les autres amitiés qui s'étaient greffées autour de notre duo. C'est grâce à elle si j'avais rencontré Sébastien Simard en quatrième secondaire. Et c'est aussi grâce à ses liens avec lui que j'ai connu Jean-Philippe Leclerc, son coloc. Dès la première fois que les gars ont passé la porte de notre appartement pour un souper impliquant pâtés, fromages, baguette et chocolat à la fleur de sel, c'était évident pour moi qu'ils allaient devenir des invités réguliers à notre table. Sara s'est rapprochée de Seb jusqu'à partir en road trip avec lui sur un nowhere à l'été 2007. Et moi, j'ai vite considéré JP, mon partenaire de karaoké, comme mon meilleur ami. À quatre, on formait un clan inséparable et toutes les occasions étaient bonnes pour se réunir.

— Je viens d'appeler les gars, ils s'en viennent. Je vais préparer du pop-corn en attendant.

— Cool! J'ai presque fini.

J'ai appuyé sur l'option « Imprimer » du document Word que je venais de compléter, j'ai ramassé les feuilles qui sortaient tout juste de l'imprimante et je me suis rendue à la cuisine pour fouiller dans le tiroir à cossins – cet endroit où on se débarrassait de toutes les petites affaires qu'on ne savait pas où ranger dans l'appartement, comme le rouleau de papier collant, chose que je cherchais désespérément en cet instant précis. Sur le bout de mur nu à côté de la télé, j'ai collé les quatre feuilles identiques identifiées à nos noms. J'ai coché quelques cases sur la mienne, puis j'ai déposé un crayon à l'encre sur le dessus de la télé. Sara est passée derrière moi avec le bol de pop-corn et a coché quelques cases à son tour. On était prêtes pour la soirée. Les gars sont entrés avec de la bière et des chips, puis ils sont passés à la cuisine avant de s'installer au salon. Depuis le temps qu'ils venaient ici, ils faisaient comme chez eux.

— Seb, JP, vous pouvez voter avant que ça commence! Il vous reste très exactement cinq minutes.

J'ai immédiatement allumé la télé dans le but de leur inspirer un sentiment d'urgence. Sébastien a analysé d'un regard sérieux la grille devant lui avant de s'exécuter, crayon à la main. JP a attendu son tour avant de procéder à la va-vite. Comme je trouvais ça louche de le voir aussi décidé, je me suis approchée des feuilles pour survoler ses réponses.

— JP, tu peux pas cocher toutes les mêmes cases que Sara.

— Certain que je peux!

— Faudrait au moins que tu en changes une. Ça fausse le jeu, sinon.

— Jean-Philippe Leclerc, copie pas sur moi!

Résigné, JP a pris le crayon pour changer une de ses réponses.

— Ok, ok. On va dire que c'est *La Promesse* qui va gagner pour meilleur téléroman, même si je crois que ça va être *Annie et ses hommes*, bon!

Seb en a rajouté:

— Moi aussi, j'ai voté pour *La Promesse*!

Le pool du gala des prix Gémeaux de septembre 2007 était ainsi complété. Sara et Sébastien, qui étaient étrangement complices depuis leur retour de road trip, se sont assis un peu trop près l'un de l'autre sur le divan deux places, tandis que JP et moi avons pris nos aises par terre sur le tapis du salon. Quand André Robitaille est apparu à l'écran, on s'est mis à applaudir à tout rompre comme si c'était le meilleur show en ville. En fait, ce l'était parce qu'avec nos minces revenus d'étudiants, on ne pouvait pas se payer le câble et Radio-Canada était à peu près le seul poste de télé qu'on réussissait à capter avec notre antenne à oreilles de lapin. Je me suis tournée vers mes amis.

— Bon show, tout le monde. Et que le meilleur gagne!

La première fois qu'on s'était réunis comme ça, c'était en février dernier pour les Oscars. On s'était découvert une passion en gageant sur les gagnants de la soirée, même si, à l'exception de JP, grand amateur du septième art, on n'avait vu aucun des films en lice. Ce que j'aimais de mes amis, c'était que non seulement ils ne se prenaient pas au sérieux, mais qu'ils s'impliquaient dans ce genre d'activités avec cœur.

— Sara! Dépêche-toi! Ça recommence!

Sébastien avait crié pour avertir Sara, qui avait mal calculé le temps nécessaire à sa pause pipi. Elle est arrivée dans le salon en courant, manquant de s'enfarger dans le sac à dos de JP.

— Est-ce que j'ai manqué quelque chose ?

Les yeux rivés sur l'écran, j'ai répondu :

— Juste la fabuleuse publicité d'une fille qui danse pour annoncer un nouveau déodorant.

— Fiou !

— *Dans la catégorie du premier rôle féminin comédie, les actrices en nomination sont...*

Sara a jeté un œil aux feuilles du pool pendant que défilait à l'écran un extrait de la performance de chaque comédienne rivalisant pour le prestigieux Gémeaux.

— C'est divisé. JP et moi, on vote pour Suzanne Clément dans *Les hauts et les bas de Sophie Paquin*, Sébastien pour Lynda Johnson dans *Rumeurs* et Marjorie pour Nathalie Mallette dans *Histoires de filles*.

C'est finalement Suzanne Clément qui a mis la main sur le trophée. Une annonce qui a provoqué chez Sara et Jean-Philippe une danse de la victoire spontanée. Sébastien et moi avons été obligés de nous incliner devant le savoir de la première et la tricherie du second. Ce soir-là, c'est Sara qui a remporté les honneurs en devenant la grande gagnante avec une fiche de prédictions presque parfaite. Ce n'était pas si surprenant : quand il était question de vedettes, l'étudiante en comm avait toujours le dessus. Bien qu'à mon sens, il y avait un autre grand gagnant ce soir-là, et c'était le lien qui nous unissait tous les quatre. Aussi cucul que ça puisse sonner, j'avais passé une partie de ma vie à vouloir une meilleure amie, et voilà que des années plus tard, je n'en avais pas seulement une, mais trois.

SARA

Dans les jours suivant l'envoi de ma réponse, j'ai été parachutée dans mon nouveau travail de coordo. Dès les premiers instants, je me suis donnée à fond pour livrer la marchandise. Même si j'étais bonne, je me sentais quand même profondément malheureuse. Après un mois particulièrement pénible à me rendre au bureau à reculons chaque matin, j'ai dû admettre l'évidence : je n'avais pas envie d'être là. Je n'étais pas à ma place – ce que, dans le fond de mon cœur, je savais déjà. Il a fallu une crise de larmes majeure, où Marjorie et Seb m'ont ramassée à la petite cuillère, pour que je m'avoue à moi-même que cette job-là n'était pas celle qu'il me fallait. Après avoir donné ma démission, j'ai postulé pour des jobs qui n'avaient rien à voir avec la télé, mais que je savais capables de faire mon bonheur en attendant de savoir ce que je voulais vraiment. C'est ainsi que je me suis retrouvée barmaid à l'espace VIP du festival Mondial choral de Laval. En plus de servir des vedettes et de voir des spectacles gratuitement, je gagnais de l'argent sans stress. Les semaines qui me séparaient de mon déménagement avec Sébastien ont ainsi passé à une vitesse folle, avant que je m'attaque à mes boîtes en compagnie de Marjorie, lors de notre dernière soirée de colocation officielle.

— Tu croiras jamais ce qui vient de m'arriver !

J'essaie de gérer le rouleau de ruban adhésif et son pistolet distributeur quand Marjorie apparaît dans le cadre de porte de ma chambre, les mains pleines de boîtes vides qu'elle laisse choir par terre.

— *Shoote!*

— Je revenais de chez mon amie avec les boîtes quand j'ai croisé une de mes anciennes profs dans la rue. T'sé, celle qui était fine pis qui avait des lunettes rouges ? En tous cas, parle parle, jase jase, elle me demande comment se passe ma recherche d'emploi. Pis là, sais-tu ce qu'elle me dit ? Elle me demande si elle peut me référer pour une job !

— Ben là, c'est malade !

— Mets-en ! Une de ses amies cheffe décoratrice se cherche une assistante pour un projet de film.

— C'est trop cool !

— Je capote ! C'est pas quelque chose que j'aurais pensé faire, mais ça me tente au boute !

— Il y a de quoi capoter ! Je suis vraiment contente pour toi !

Je la rejoins pour qu'on sautille ensemble sur place, comme d'habitude quand on apprend une bonne nouvelle. Alors que notre célébration spontanée prend fin, Marjorie balaie la pièce du regard. Tout est sens dessus dessous.

— Veux-tu que je retourne chercher d'autres boîtes ?

— Non, ça va être correct. J'ai des sacs pis mes vieilles caisses de lait du secondaire. Je ferai plusieurs voyages, au pire.

— OMG ! Tu les as encore !

— De quoi ?

Elle s'avance vers les quelques trucs qui traînent pêle-mêle sur mon lit.

— Tes agendas du secondaire !

— Oui! J'avais oublié que je les avais déménagés de chez mes parents. Ils étaient dans le fond de mon garde-robe.
— Beau travail de Mod Podge, en passant.

Dans un désir de me différencier des autres, j'avais entièrement recouvert mon agenda de première secondaire de papier de soie aux motifs de lunes, de soleils et d'étoiles. Le mot agenda, écrit au liquid paper, orne la page couverture. Marjorie pouffe de rire en l'ouvrant.

— C'est quoi?
— Sur la première page, c'est écrit: *I hate Maxime*.
— Ça doit être quand Maxime Dubé m'a dit que j'étais poche au basket dans le cours d'éduc. Ou n'importe quelle autre fois où Maxime Dubé m'a passé un commentaire de marde.
— C'est tout ce qu'il faisait de sa vie, passer des commentaires de marde.

Marjorie continue de tourner les pages. Entre les poèmes un peu quétaines volés sur Internet puis recopiés entre les pages des règlements de l'école, les photomontages en découpures de TV Hebdo qui rendent hommage à mes vedettes et films préférés et les citations inspirantes remplies de fautes d'orthographe, elle tombe sur un petit mot qu'elle m'a écrit, une semaine après notre première rencontre.

Salut Sa!!
Comment vas-tu?
Moi #1...
J'ai rien à te dire à part que je trouve que le secondaire a l'air ben moins hot que je pensais.
En tous cas
Bye bye
Marjorie (ta nouvelle amie, je l'espère!)
Xxx (pas un de plus!!)

— On les avait les messages importants, hein !
— C'est cute pareil !
— Tu permets que j'en lise un autre ?
— Certain !

Marjorie étudie deux ou trois possibilités avant de se décider.

— Tu risques de l'aimer, celui-là.

Elle s'éclaircit la voix avant de prononcer les mots « *Salut, Mme Fréchette* ». L'entrée en matière me fait lâcher un petit cri de surprise.

— C'est-tu quand tu tripais sur Simon Fréchette, ça ?
— Oui ! Presque quatre ans de ma vie à aimer ce gars-là en secret. Peux-tu croire ?
— Je suis pas mieux que toi avec Rémi Petit. C'était du niaisage en règle.
— Heureusement qu'on a évolué.
— Heureusement, oui.

Elle continue :

Je viens de penser qu'un jour tu t'appelleras peut-être comme ça...
J'espère que tu vas m'inviter à ton mariage.
Vous feriez un beau petit couple. Ha ! L'amour.
2k. BONNE CHANCE !

— Je t'ai-tu dit que j'ai revu Simon l'autre jour à l'épicerie avec mes parents ? J'ai tourné le coin pis il était là, dans la rangée du papier de toilette.
— Qu'est-ce que t'as fait ?
— À part le dévisager ? Rien. C'est clair qu'il se rappelle pas de moi.
— On verra ça au conventum dans une semaine.

Le conventum. Cet événement maudit où je n'ai pas vraiment envie de mettre les pieds, même si j'ai promis à Marjorie et Seb que je les accompagnerais. Elle referme l'agenda et le pose sur le lit.

— Bon, je commence à avoir faim, moi. Voulez-vous-tu qu'on se commande de la pizza, madame Fréchette ?

— Très drôle !

La sauce encore chaude me brûle la peau derrière les deux dents d'en avant alors que je prends une bouchée de ma pointe toute garnie.

— Pis toi, je t'ai pas demandé... Grosse soirée hier ?

— Quand même, oui ! J'ai ouvert des bières, j'ai servi de la pizza froide, pis à un moment donné, Grégory Charles s'est mis à jouer du piano pendant genre deux heures.

— C'est cool ça ! La job, pas le fait que ça ait duré deux heures...

— Pis la semaine prochaine, je passe une entrevue pour un autre contrat, parce que mine de rien, je finis celui-là dans deux semaines.

— C'est quoi ?

— Faire goûter des produits laitiers en épicerie. Je sais que ça sonne looser...

— C'est pas looser, Sa. Le plus important, c'est que tu sois heureuse.

Marjorie marque une pause avant de continuer.

— Pis qu'Alexandre II se pointe pas à l'épicerie pour une dégustation. T'sé, après son trip de yogourts faibles en gras au marché Jean-Talon...

J'esquisse une face horrifiée à Marjorie, tout en tentant de chasser l'idée que je pourrais recroiser mon ex éventuellement. Jamais serait le mieux.

— Je sais que c'est pas looser, mais c'est un peu gênant, parce que je viens de finir l'université.

— C'est mieux ça que la job qui te faisait brailler non-stop.
— T'as raison. J'apprécie qu'actuellement ma vie soit pas trop compliquée.
— *That's it.*
Le ventre dûment rempli de pepperoni et de liqueur, on décide de s'attaquer aux boîtes.
— J'ai pas envie de brailler ce soir, Marje.
— Moi non plus.
— On fait ça joyeux, ok ?
— Ouais !
La tâche est colossale, mais le CD de Noël de N'Sync nous aide à passer au travers – parce qu'il n'y a rien de plus festif que d'écouter des chansons du temps des fêtes un 18 juin. Une par une, les boîtes quittent la chambre pour s'empiler dans un coin du salon en attendant leur départ prévu pour demain. Pendant que Marjorie est partie à la recherche d'un tournevis à tête plate pour défaire mon bureau de travail, je finis de vider le garde-robe.
— Aaaaaaahhh ! Ben non, ben non !
— Quoi quoi ?
Marjorie arrive en vitesse dans la chambre. Je lui montre ce que je tiens dans mes mains : la boîte qui contient toutes les lettres qu'on s'est envoyées pendant le secondaire. Des missives qui témoignent de nos états d'âme sur feuilles lignées, encore pliées en une forme dont nous seules avions le secret. J'en ouvre une qui date de notre dernière année au secondaire.

Salut Sara,
Je sais que tu vis quelque chose de pas facile en ce moment, mais ne désespère pas. Un jour, tu vas trouver l'âme sœur. Que ce soit pour le bal ou pour la vie ! J'ai encore espoir pour toi que

tu rencontres un gars aussi beau que Legolas dans Le Seigneur des anneaux. *Ouvre l'œil (ou les yeux!), il n'est sûrement pas très loin!*

Ton amie pour la vie
Marje xxxxxx
PS: Legolas > Sébastien Simard X 1000.

— Je m'en souviens de cette lettre-là. T'avais voulu me remonter le moral quand j'ai su que Seb irait au bal avec Noémie.

— Pis regarde comment ç'a viré pour toi! Tu déménages avec demain!

— C'est fou, hein!

Je jette un coup d'œil aux autres lettres avant de refermer la boîte et de la mettre en lieu sûr.

— Pourquoi on s'envoie plus de lettres comme ça, Marje? C'était tellement parfait, me semble.

— On devrait recommencer!

— Bonne idée!

Après en avoir terminé avec mes boîtes, démonté mes meubles et ma base de lit en essayant de ne perdre aucune petite vis, vidé les armoires de la cuisine de ma vaisselle, décidé qui garderait le laminé de golden retriever qu'on avait acheté au Renaissance (c'est moi!) et qui conserverait le calendrier des pompiers que Seb et JP avaient censuré avec des morceaux de carton découpés et collés à des endroits stratégiques lors d'un souper bien arrosé (c'est elle!), il ne reste plus qu'une chose à faire: enlever les photos qui décorent le mur de notre salon depuis notre première journée ici. On se tient devant sans qu'aucune de nous ne se décide à faire le premier pas. Marjorie se tourne vers moi.

— T'es prête, Sa?

— Encore une minute, ok?

On se recueille devant le mur comme s'il s'agissait d'une relique d'une grande importance. N'empêche que c'est un peu ça, dans le fond. Ce mur-là, c'est en quelque sorte l'âme de notre appartement. On commence à retirer une par une les photos pâlies par la lumière du soleil. Les voir d'aussi près me permet de les redécouvrir, même si elles font partie de ma vie depuis des années. On gratte la petite gommette bleue collée derrière avant de les empiler sur la table du salon.

— Ça te dérange si je garde celle-là, Marje?

— Laquelle?

— La photo après l'examen de géo. Celle dans l'allée des troisièmes secondaires. On est chacune cachée dans un casier parce qu'on se demandait si on pouvait rentrer dedans au complet.

— Elle est à toi! Je pense que j'ai le double quelque part. J'étais tellement stressée ce jour-là! J'avais l'impression que ma vie allait s'arrêter si je pochais l'examen. Finalement, je l'ai passé sur les fesses pis ma vie a pas changé une miette.

— Pis moi qui me trouvais grosse dans ce temps-là! J'étais pas grosse pantoute. Misère. J'avais toujours l'impression de pas être à la hauteur.

— C'est con pareil de s'en être fait autant pour rien.

— Vraiment, oui.

Il est autour de minuit quand le mur est enfin tout nu, dévoilant l'entièreté de son vert lime.

— Bon ben...

— C'est ça, hein?

— Ouais. Je t'appelle demain avant de venir chercher mes boîtes. Seb va s'occuper des gros morceaux avec JP. Ça te dérange-tu?

— Ben non. C'est vraiment moins awkward que ce l'était avec JP. Pis tu peux débarquer quand tu veux, Sa, c'est encore chez vous.

Sauf qu'à voir toutes mes affaires entassées dans des cartons, ce n'est plus tellement vrai. Un drôle de mélange de fatigue, de fébrilité et de nostalgie m'envahit. Je marche jusqu'au corridor pour enfiler mes souliers. Marjorie m'accompagne, ce qui est franchement bizarre puisque j'habitais encore ici jusqu'à il y a deux secondes. Accotée contre le mur, elle soupire :

— T'es pas encore partie que je trouve déjà ça bizarre.

— Moi aussi. Ça va prendre un certain temps avant que je m'habitue.

Quand on se dit finalement au revoir, après un câlin qui dure une éternité, je pousse la porte le cœur serré, tout autant qu'impatiente à l'idée de commencer une nouvelle vie à deux avec Seb. Même si je ne suis qu'à quelques minutes de marche, je texte mon chum.

Sara : Toujours debout ?

J'ai à peine le temps de glisser mon téléphone dans ma sacoche qu'il se met à vibrer.

Seb : Oui. JP est pas là. C'est juste toi pis moi à souère beubé.

J'accélère le pas. J'ai trop hâte de voir Seb. Je monte l'escalier d'abord en vitesse, avant de me calmer quand je me rends compte qu'il est tard et que les vieilles marches en bois craquent de tous bords tous côtés. Je pousse la porte pour le découvrir assis sur le divan, en pyjama, les cheveux encore humides et peignés tout croche, en train de regarder un film en mangeant une toast au beurre d'arachide. À cet instant précis, je le trouve particulièrement beau.

— Sébastien Simard, le sais-tu à quel point t'es hot ?

— Tu dis ça à cause des cheveux ou du pyjama ?

— Je dis ça parce que t'es toi !

— Ben voyons, les belles paroles!

Je m'empresse d'aller le rejoindre sur le divan pour lui coller le plus long bec de l'histoire des becs sur la joue, tandis qu'il tente d'avaler sa dernière bouchée de toast.

— Faque, mes boîtes sont finies. Si tu changes d'idée pis que tu veux que je m'en aille, c'est pas mal le temps ou jamais.

Plutôt que de me donner une réponse, il m'enveloppe de ses bras et de son odeur de cacahuète.

— T'es certain de ce que tu fais? Je suis pleine de poussière. Faut croire que je faisais pas souvent le ménage dans cette chambre-là.

Seb ne desserre pas son étreinte.

— Poussiéreuse ou pas, je te prends comme tu es. Pis je te laisse pas partir.

Il prend soin d'ajouter, comme si sa dernière phrase pouvait prêter à confusion:

— Sauf si tu le veux, évidemment. Je vais quand même pas te retenir contre ton gré. Mais j'ai vraiment envie que tu restes. D'être avec toi. T'sé.

De toutes les phrases qu'il pouvait me dire pour entamer ce nouveau chapitre de ma vie, c'était certainement parmi les plus belles. Je l'enlace à mon tour, déterminée à ne pas m'en séparer moi non plus.

— Inquiète-toi pas. Je suis là pour rester. T'sé.

MARJORIE

Si on s'était promis de ne pas pleurer lors de notre dernière soirée passée ensemble, c'est le lendemain qu'est arrivé le déluge de larmes. Quand Sara m'a remis son double de clé, après avoir déposé la dernière de ses boîtes à son nouvel appartement, on était particulièrement émotives. Il n'y avait plus de retour en arrière possible. Notre colocation prenait officiellement fin. C'était un peu triste, mais surtout beau de voir notre histoire d'amitié évoluer : on était rendues assez adultes pour que l'une d'entre nous parte habiter avec son chum.

Je n'ai pas eu à vivre dans un appartement à moitié vide trop longtemps. Au lendemain du déménagement de Sara, Roxane a commencé à s'installer. J'avais peur que ce soit bizarre d'habiter avec quelqu'un d'autre, alors qu'au contraire, une belle complicité de colocs s'est rapidement établie. Il faut dire que Roxane est mon amie depuis le cégep. Sculpter des bustes en argile, ça crée des liens ! Au début, ça m'arrivait d'être perplexe quand c'était elle plutôt que Sara que je croisais dans la cuisine ou le salon, puis à mesure qu'elle défaisait ses boîtes et qu'elle prenait ses aises dans l'appartement, j'ai commencé à m'habituer à cette nouvelle vie.

— Hey, Rox, il faut que j'y aille, si jamais t'en veux, il reste de la sauce à spag.

— Cool! Merci! Pis euh, je sais pas à quelle heure tu reviens de ton affaire, mais je vais sûrement aller voir un show au Quai des Brumes à soir, si ça te tente de venir.
— Peut-être ben. Je t'appellerai.
— Parfait! Bonne soirée!
— Toi aussi, bonne soirée!

Je descends le grand escalier pour rejoindre Sara et Sébastien qui m'attendent en bas. Je leur envoie la main comme si je ne les avais pas vus depuis un siècle même si, en réalité, ça fait juste une semaine. J'ouvre la portière de la voiture et je me glisse à l'arrière à côté d'une pyramide de boîtes et de sacs dont l'équilibre me paraît bien précaire – des choses que Seb souhaite déposer chez ses parents en passant.

— Prêts pour le conventum, les amis?

Sébastien répond par l'affirmative, tandis que Sara, elle, laisse échapper un grognement qui flirte avec la résignation. Je tente de me faire encourageante:

— Ça va être le fun, Sa, tu vas voir!
— C'est pas que j'ai pas envie d'y aller. C'est juste que je tiens pas à croiser du monde que j'ai pas le goût de voir.
— C'est l'affaire de ta job qui te stresse?
— Ouais.
— Si on te pose des questions, t'as juste à répondre que tu viens de finir ton bac pis que tu étudies plusieurs possibilités. Tu reviens de voyage, ça fait que t'es encore indécise devant ton avenir. Après, tu frenches Seb, pis tout le monde va oublier ton explication vague.

Sara se tourne vers Seb pour approbation:
— Si ça implique un french, tu peux dire ce que tu veux.
— Tu vois, Sa. Tout est arrangé.

Seb prend à droite, puis à gauche pour tourner sur la rue qui mène jusqu'à l'autoroute. C'est con, mais dans toute cette idée du conventum, c'est de passer du temps avec eux qui me fait le plus plaisir. Et celle de la grosse poutine qu'on va manger après en potinant sur ce que sont devenus nos anciens camarades de classe.

— Pis, les tourtereaux ? Comment va la cohabitation ?

Sara regarde Seb amoureusement, tandis que ce dernier lui pogne une cuisse. À l'évidence, ça se passe plutôt bien. Je me félicite de ne pas être débarquée à l'improviste cette semaine ! Qui sait à quel spectacle j'aurais pu assister ?

— La peinture de notre chambre est terminée. On attend que JP déménage avant de faire la sienne.

Sébastien me jette un regard dans le rétroviseur.

— En passant, Marjorie, on cherche quelqu'un pour nous aider au découpage des moulures. Si jamais t'as le temps...

Du découpage de moulures, l'une des affaires que j'haïs le plus au monde... C'est peut-être parce que j'ai étudié en arts que tout le monde a l'impression que je suis bonne dans ça. Je m'empresse de trouver une excuse :

— Je suis bien occupée ces temps-ci avec Roxane qui vient d'emménager, en plus que ma nouvelle job risque de me demander pas mal de temps...

Victime de sa ceinture qui lui compresse la poitrine, Sara se tortille dans son siège pour se tourner vers moi.

— Faque c'est officiel ?

— Oui ! Je l'ai su hier.

— Ben là, félicitations !

Sébastien attend d'immobiliser la voiture à un feu rouge pour m'applaudir de concert avec Sara.

— Vous êtes fins. Merci !

— Tu commences quand ?

— Lundi. J'ai rencontré la fille avec qui je vais travailler pis elle est super smatte.

— Et avec Rox, ça se passe bien ?

— Oui, vraiment. Par contre, tu risques de capoter la prochaine fois que tu vas venir chez nous.

— Pourquoi ?

— Ta chambre rose est maintenant jaune pâle. Pis la salle de bain est mauve. Roxane a eu l'idée d'accrocher des vieux vinyles au mur. Le rendu est pas mal cool.

Sara me regarde de ses yeux exorbités sans rien ajouter. Je sais qu'elle pense surtout au décor de la salle de bain, celui qu'elle avait réalisé à l'éponge pas longtemps après notre déménagement pour donner une impression de relief – elle avait découvert le truc à l'émission *Décore ta vie*, dont elle était une fidèle spectatrice du temps où elle habitait chez ses parents.

Après une mise à jour complète de nos vies, on finit par arriver dans le stationnement de notre ancienne école secondaire. C'est dans le gymnase, là où a eu lieu notre bal de finissants, que se déroule le conventum. Y mettre les pieds me ramène des années en arrière. Je me sens comme la Marjorie de juin 2003, celle qui se trouvait poche de finir son secondaire en n'ayant frenché personne. Celle qui, de ses yeux décorés d'une ligne de eyeliner blanc, avait ressenti une profonde déception le soir où elle avait vu Rémi Petit embrasser Valérie Bellemare. Celles dont les choix amoureux comme vestimentaires auraient pu être qualifiés de discutables.

— Ressens-tu un mal-être, Sara ?

— C'est comme si toute ma confiance en moi venait de s'envoler d'un coup. C'est weird.

Visiblement, on est loin d'être les seules à éprouver un certain malaise. Je balaie la pièce du regard pour constater que tout le monde semble un peu coincé. Cinq années ont beau s'être écoulées depuis la fin de notre secondaire, j'ai l'impression qu'on est tous revenus au point de départ. Comme si réintégrer les locaux de notre ancienne école nous rendait prisonniers de l'incertitude de l'adolescence. Au loin, des gens font la file pour acheter à boire. Je saute sur cette occasion parce que je ne sais pas où me mettre. Sara et Sébastien, eux, ont leurs mains respectives pour se sentir moins seuls.

— Je vais aller voir ce qu'ils vendent. Vous voulez quelque chose ?

Sébastien garde ça simple :

— N'importe quoi qui se boit.

Excellent choix. Je pars en direction du bar de fortune installé dans le local qui servait à l'époque à entreposer le matériel sportif. De l'autre côté du comptoir se tient Josianne Villeneuve, la fille qui s'était chargée de l'organisation du party de cabane à sucre en cinquième secondaire. C'est elle qui est derrière le conventum.

— Hey, Marjorie Morin ! Contente que tu sois venue ! Qu'est-ce que tu deviens ?

Dans le temps, elle était la fille sociable qui parlait à tout le monde sans exception. Encore aujourd'hui, aucun prénom ou nom ne lui échappe.

— Je viens de finir mon bac en scénographie. Et là, je commence une job comme aide-accessoiriste pour un film qui se tourne à Montréal. Toi ?

— Wow ! Tu as toujours eu l'âme créative. Ben moi, je finis l'année prochaine un bac en animation et recherche culturelle.

— À l'UQAM ?

— Oui !

— Bizarre qu'on se soit jamais croisées. J'étais là-bas, moi aussi !

— Ben oui, c'est bizarre !

Maude Desrochers vient se planter à côté de moi, empiétant sur mon espace vital comme elle a en toujours eu l'habitude, ce qui met fin à la conversation et nous ramène au but de ma présence au bar.

— Qu'est-ce que je te sers, Marjorie ?

— As-tu de la bière ?

— Non, malheureusement. Parce qu'on est sur le terrain de l'école, on a pas le droit. Il y a de la liqueur, de l'eau et du punch sans alcool.

Je commande trois punchs en espérant que le sucre en concentré m'aide à mieux affronter les fantômes de mon passé. Quand je reviens, Sara parle avec Marie-Ève Marcil, qui porte le fard à paupières avec moins d'intensité et le mascara avec moins de multicouches qu'à notre bal de finissants. Sébastien, lui, est en grande conversation avec Xavier Ouellette, un des gars avec qui il se tenait le plus souvent au secondaire. Je donne un verre de punch à Seb et salue Xavier avant de me joindre à la conversation des filles. Sara est en train de raconter notre voyage à Barcelone à Marie-Ève, qui rêve d'y aller un jour.

Petit à petit, la gêne s'estompe, les langues se délient et des groupes de discussion se forment. Le mal-être cède sa place à une ambiance bon enfant où tout le monde veut prendre des nouvelles de tout le monde. Ça bourdonne de conversations à droite et à gauche. J'échange quelques mots avec Jessica Arsenault et Michaël Cadorette, les frencheux de corridor qui prenaient souvent notre casier à Sara et moi pour cible. Non seulement ils sont encore ensemble depuis tout ce temps, mais ils sont aujourd'hui propriétaires d'une maison et parents d'un enfant. Mylène Boisjoli, la fille qui organisait les meilleurs partys de sous-sol, étudie pour devenir technicienne en intervention en délinquance, après un parcours non concluant en sciences infirmières. Valérie

St-Cyr, la fille qui ne disait jamais non à un concours de lip-sync, a mis de côté son rêve de devenir chanteuse au profit d'une job stable dans la compagnie d'assurances de son père. La commère de Carolanne Giroux, qui se montrait toujours plus intéressée à nos vies qu'à la sienne, rayonnait de bonheur en nous révélant avoir créé son propre blog de potins de vedettes sur Internet. Sara, qui craignait que la soirée vire en pièce de théâtre malaisante où tout le monde essaierait d'impressionner les autres avec ses accomplissements, paraissait rassurée de parler à des gens qui se questionnaient eux aussi sur la suite de leur vie.

C'est seulement à l'arrivée de la clique des filles soi-disant populaires de l'époque qu'un véritable malaise s'installe. Réunies en un seul et même troupeau, elles dévisagent tout le monde avec leur air supérieur. Un coup d'œil en leur direction suffit pour comprendre qu'elles n'ont aucunement changé. Si elles avaient l'habitude de s'appeler pour se mettre d'accord sur ce qu'elles allaient porter, elles semblent avoir pigé ce soir dans le même garde-robe. Une pensée me frappe de plein fouet, alors que je sens le regard malveillant de Daphnée Rocheleau s'attarder sur moi: leurs personnalités sont aussi uniques que leurs vêtements. La voilà qui échange quelques mots avec Fanny Duperré, et les deux filles se mettent à rire à gorge déployée. C'est elles qui, en première secondaire, avaient ri de mes seins qui poussaient plus vite que les leurs. Avec le temps, j'avais fini par comprendre que Daphnée et Fanny étaient aussi plates que leurs poitrines de l'époque. Si j'avais passé mon secondaire à jalouser leur statut de filles privilégiées et leur popularité auprès des garçons, ce n'était certainement plus le cas aujourd'hui. En déménageant à Montréal, j'avais vite compris qu'il y avait autre chose que ce que j'avais connu sur les bancs d'école pendant cinq ans. Que la vie, ce n'était pas le secondaire, justement. Je m'étais créé un quotidien que j'aimais, à mon image, alors que Daphnée, Fanny et les autres filles de la clique continuaient clairement à se définir par leur popularité passée.

Je m'approche de Sara.

— As-tu envie d'aller explorer le coin? Je me sens un peu observée...

Sara, qui, dans le temps, avait aussi été la cible de remarques désobligeantes de la part de Daphnée et Fanny, ne se fait pas prier pour me suivre. On traverse le gymnase avant de pousser la porte qui le relie à l'aile des cinquièmes secondaires. Je ne sais pas si on a le droit, mais comme elle n'est pas verrouillée, on se le donne. On fait un premier arrêt aux toilettes des filles pour voir si les messages écrits sur les portes et les murs des cabines y sont encore. À l'époque, des dessins, des déclarations d'amour anonymes et des citations «inspirantes» entouraient quelques gommes à mâcher séchées depuis belle lurette. Malheureusement, ils ont été effacés, bien que des nouveaux les remplacent.

— Le plafond éventré décoré de taches brunes de dégât d'eau est encore là, lui! note Sara.

Je lève les yeux pour constater la chose. Je nous revois entre deux cours, moi qui attends Sara la pisse-minute, parce qu'à cette époque, on faisait tout ensemble, même s'accompagner aux toilettes pendant notre courte pause. Et ce plafond décrépit faisait toujours partie du décor. Sara continue:

— Savais-tu que Maxime Dubé pis sa gang avaient caché des flasques d'alcool dans le plafond suspendu la journée du bal?

— Pour vrai?

— C'est Seb qui me l'a raconté. Paraît que les gars ont fait des allers-retours entre ici pis le gymnase pendant toute la soirée.

— Je voudrais ben croire que c'est probablement pour ça qu'ils étaient aussi déplaisants, encore que ça explique pas leur attitude pendant toutes les années d'avant.

En sortant des toilettes, on tente de reconnaître notre vieux casier, en vain parce qu'il a été repeint lui aussi – le vert hôpital s'est mué en un tout aussi magnifique rose saumon. On passe la radio étudiante sur la droite pour rejoindre la cafétéria dans l'allée centrale. Derrière les portes vitrées, on observe le décor qui n'a pratiquement pas changé depuis qu'on y a mis les pieds pour la dernière fois. Tout me semble plus petit, même si je n'ai pas grandi d'un pouce depuis. C'est une drôle de sensation que celle de revenir entre les murs d'un endroit où se sont joués autant d'épisodes significatifs de ma vie.

— Penses-tu que notre banc existe encore ?
— Ben là. J'espère !

On se regarde toutes les deux un instant avant de faire la course jusqu'à l'aile des troisièmes secondaires. Sara arrive la première au banc en bois qui trône au milieu de l'allée, celui où on avait l'habitude de manger notre lunch le midi. Cette année-là, on avait décrété que les tables de la cafétéria n'étaient plus assez cool pour nous. C'était bien plus hot de manger sur une micro-surface, genoux contre genoux en raison de l'étroitesse du siège.

— Ils ont pas réparé le bois, regarde, Marje !

Je m'assois avant de passer une main sur l'endroit précis où Marc-André Pauzé est entré en collision avec le banc, le matin où il avait décidé de faire une course de bacs de recyclage avec David Paiement. Un souvenir marquant pour le mobilier de l'école endommagé dans la collision, et surtout pour Ève Rocheleau, blessée au genou parce qu'elle se tenait dans la trajectoire du bac au moment de l'impact.

Dans le temps, on avait rebaptisé l'endroit «le banc des confidences» parce qu'entre deux bouchées de sandwich, on se confiait à propos de nos kicks, de nos familles, de nos cours, de nos profs, des affaires qui allaient bien et de celles qui allaient mal. Même si on n'est plus au secondaire depuis belle lurette, force est d'admettre que la magie opère encore aujourd'hui :

— Je suis contente que tu sois venue, Sa.

— C'est quand même le fun, ce conventum-là. Ça me fait du bien d'être ici. J'avais pas gardé un super souvenir de la fin du secondaire à cause de l'histoire de Seb et Noémie au bal, mais là, c'est comme si j'exorcisais le démon.

— Tant mieux. Parlant de Seb, faut que je t'avoue... Je vous ai souvent vus ensemble depuis que vous formez un couple, mais là, je vous trouve vraiment cute. J'ai-tu le droit de dire que je vous considère comme mon modèle?

— Ah, t'es fine!

— C'est vrai! Vous êtes parfaits.

— On est pas parfaits. Paraît que je laisse les portes d'armoire ouvertes dans la cuisine. Je faisais-tu ça quand on habitait ensemble?

— Oui, pis ça gossait.

— Seb, lui, il met pas l'attache après le sac de pain...

— Il le twiste-tu au moins pour l'empêcher de sécher?

— Même pas. Pis il laisse le ketchup sur le comptoir au lieu de le mettre au frigo.

— Maudit weirdo. Au pire, tu le laisses pour Le PH. Il est pas trop tard.

— Tantôt, je l'écoutais parler d'une oreille, pis j'ai passé proche de m'endormir tellement ce qu'il racontait était plate.

— La vie fait bien les choses, finalement.

— Vraiment.

Un bruit à l'autre bout du corridor attire notre attention. Un regard nous suffit pour réaliser que Jessica Arsenault et Michaël Cadorette ont décidé de profiter d'une rare soirée sans enfant pour remettre ça vis-à-vis des casiers. On décide de les laisser se frencher en toute tranquillité et de retourner vers le gymnase.

— J'ai trouvé ça bizarre de pas te parler cette semaine.

— T'aurais pu m'appeler ou passer à l'appart.

— Je voulais pas vous déranger, Seb pis toi.

— J'ai pensé t'appeler, moi aussi, mais je savais que Rox emménageait pis je vous imaginais en train d'avoir ben du fun ensemble. J'aurais eu l'impression d'être de trop, je pense.

— On est bonnes dans les suppositions, hein?

— Notre plus grande force. Pour vrai, tu passes quand tu veux à l'appart. Ou sinon, tu m'appelles. Je vais peut-être pas répondre, parce que je réponds jamais à mon cell, mais je vais finir par te rappeler à un moment donné.

— Checke-moi ben inonder ta boîte vocale de messages inutiles.

— J'espère ben!

Le gymnase est moins rempli à notre retour, signe qu'on s'est absentées pendant un bon laps de temps. On se dirige vers Seb, qui jase avec un gars dont le visage m'est familier. Un visage que j'espérais secrètement voir réapparaître un jour depuis que Sara m'avait reparlé de lui pendant notre voyage...

— Salut, Gabriel!

— Marjorie! Salut!

Toujours le même sourire. Et le même élan enthousiaste. Il se penche pour me donner un bec sur la joue. Un grand frisson me traverse le corps. J'espère qu'il ne sait pas à quel point j'ai stalké son profil Facebook au cours des derniers jours...

— Qu'est-ce que tu fais ici ?

— Je viens chercher Josianne. C'est moi son lift officiel.

Il se tourne vers le bar de fortune et salue sa sœur derrière le comptoir. Elle lui fait signe de l'attendre une minute, puis elle s'en vient d'un pas rapide.

— Hey, Gab, on a pas les clés pour fermer, finalement. Faut attendre le concierge pis ça risque de prendre au moins une heure parce qu'il peut pas arriver tout de suite. Si t'as des trucs à faire en attendant, vas-y. Je t'appelle plus tard.

— T'es certaine ?

— Oui, oui.

Sébastien se tourne vers Gabriel :

— Si ça te tente, on s'en va manger Chez Fred. Tu peux venir avec nous !

Seb ne le sait pas, mais en cette minute, je l'aime d'amour. Surtout que Gabriel s'empresse d'accepter.

— On doit passer chez les parents de Seb avant pour déposer des boîtes, ajoute précipitamment Sara. Allez au resto tous les deux, on vous rejoindra après !

Sara aussi, je l'aime d'amour. Elle et son subterfuge sans grande subtilité... Elle ose en rajouter une couche, alors qu'on avance tous les quatre vers le stationnement. D'un ton malicieux, elle me glisse à l'oreille les mots « le pouvoir du lampion de Barcelone » avant de détaler vers la voiture de Seb sans que je puisse ajouter quoi que ce soit.

— Faque, qu'est-ce que tu deviens depuis ton accident de panache d'orignal ?

— Tu te souviens de ça ?

— Comment l'oublier...

— C'est un peu gênant, là...

— Pantoute !

Gabriel, qui jusque-là avait les yeux sur la route, se tourne vers moi pour m'adresser un magnifique sourire avant de poursuivre :

— Aujourd'hui, j'aide à promouvoir le loisir scientifique et technologique auprès des jeunes.

— C'est cool, ça ! Donc, si je comprends bien, ta job c'est de faire la promotion...

— ... d'activités de loisir scientifique et technologique auprès des jeunes.

— C'est vraiment plus clair de même. Merci pour la précision.

Gabriel me gratifie d'une grimace moqueuse en guise de réponse.

— Pis toi ? As-tu fini ton secondaire 5, depuis le temps ?

— J'ai même fini un bac.

— Félicitations ! En quoi ?

— En scénographie. Je commence bientôt une job comme aide-accessoiriste pour un film.

— Faque on va voir ton nom au générique pis toute ?

— Ouais.

— Wow ! Je fais un lift à une vedette !

— Charrie pas, quand même ! Pis toi, habites-tu encore à Trois-Rivières ?

— Oui, mais sûrement plus pour longtemps. Je pense déménager à Montréal bientôt, comme ma sœur y est déjà installée pis qu'il y a plus d'emplois intéressants. Aimes-tu ça habiter en ville ?

— Ouais, vraiment. Il y a toujours de quoi s'occuper. C'est impossible de s'ennuyer. Comme là, c'est le Festival de jazz. Il y a plein de shows gratuits en plein air. L'ambiance est vraiment bonne au centre-ville.

— Tu me donnes envie d'y aller !

— Appelle-moi pis on ira !

Les mots sont sortis tout seuls. Moi qui ai toujours l'habitude de tourner autour du pot avec les gars, cette fois, je n'esquive rien. Il n'a pas l'air de vouloir esquiver lui non plus, puisqu'il me demande mon numéro de téléphone dès qu'il stationne la voiture devant le restaurant pour qu'on puisse se voir la prochaine fois qu'il viendra en ville.

On choisit une table à quatre, tout près d'Émilie Masse et de Samuel Montembault, les poteos notoires de notre promotion, qui ne sont visiblement pas à jeun puisqu'ils ont commandé de la bouffe pour une armée et qu'ils nous saluent de leurs petits yeux. Je me glisse sur la banquette en cuirette orange, Gabriel s'assoit à côté de moi comme je l'espérais. Ghislaine, la même serveuse qui m'accueillait quand je venais ici avec Sara et Sébastien au secondaire, nous apporte deux menus. Je le consulte pour la forme parce que je sais déjà ce que je vais prendre.

— Marjorie, veux-tu qu'on partage quelque chose en attendant les autres ? Je meurs de faim !

— Tu proposes quoi ?

— Frite, rondelles d'oignon, ou les deux ?

Je constate que Gabriel, en plus d'être une personne aussi sympathique qu'intéressante, se révèle un homme de goût.

— J'aime ton style. Allons-y pour les deux ! Je t'avertis par exemple, je risque de manger plus de rondelles que de frites.

— Je suis prêt à assumer !

La discussion se poursuit de façon aussi naturelle que dans la voiture. Je n'ai pas besoin de me forcer pour penser à des sujets de conversation, ils viennent tout seuls. On est en train de parler de sa vie à Trois-Rivières en trempant doublement nos frites et nos rondelles d'oignon dans le même contenant de mayo, signe de notre proximité grandissante, quand Sara et Sébastien se pointent.

— On s'excuse pour le retard, il a fallu aussi passer chez les parents de Sara pour déposer des affaires.

— Pis tu connais ma mère, Marje. Elle voulait plus nous laisser partir !

Ils prennent place en face de nous. Ghislaine revient à la charge pour prendre les commandes. Sara et Sébastien optent pour des poutines, alors que Gabriel et moi arrêtons chacun notre choix sur un burger double boulettes. De toutes les options sur le menu, il a fallu qu'on choisisse la même. Cet instant d'unité parfaite confirme notre compatibilité, et surtout l'attirance que je ressens pour lui et qui ne cesse de grandir à chaque minute qui passe.

J'en suis à ma dernière bouchée de mon mammouth dégoulinant quand le téléphone de Gabriel se met à sonner.

— C'est Josianne. Il faut que j'y aille.

Il se lève d'un bond, prêt à partir.

— C'était vraiment le fun de tous vous revoir. J'espère qu'on pourra remettre ça. Marjorie, je t'appelle bientôt !

Sara attend qu'il soit hors de notre vue avant de s'exclamer :

— QUOI !? Va falloir que tu m'expliques ce qui s'est passé avec beaucoup de détails.

— C'est parce que Proton pis Marjorie ont vraiment une belle chimie.

— Bon, une joke scientifique astheure, Seb.

— C'était plus fort que moi, Marjorie ! Je m'excuse ! Ça fait longtemps que j'attends la bonne occasion de la sortir, celle-là.

— Moi, je la trouve bonne !

Sébastien colle un baiser sur la bouche de son meilleur public, tandis que Ghislaine revient avec les factures. J'étudie la mienne d'un air suspicieux.

— Euh, Ghislaine, il manque la moitié de la frite et des rondelles d'oignon.

— Le gars qui était assis à votre table les a payées.

Sara, qui en a perdu un bout pendant son échange de salive, retourne son attention vers moi.

— Est-ce que tout est correct ?

— Gab a payé les entrées.

— C'est donc ben gentil de sa part !

— D'où est-ce qu'il sort, lui ? C'est qui ce gars-là ?

— C'est quoi le problème ?

Le problème, c'est que depuis mes tout premiers kicks, je me suis habituée à prendre ce qu'on voulait bien me donner et à ne pas demander grand-chose. La balade en voiture dans l'humour et la complicité, les numéros de téléphone échangés, la synchronicité de la commande de friture, la surprise de la facture réglée... C'est beaucoup pour mon cœur, tout d'un coup. Voyant mon malaise, Sara observe :

— T'es juste pas habituée que quelqu'un fasse quelque chose de cute pour toi. J'ai vécu ça après Alexandre II. On s'habitue vite à être bien, tu vas voir.

Sara passe sa main dans les cheveux de Seb, tandis que je glisse la facture un peu graisseuse dans ma sacoche en souvenir d'une rare fois où un gars s'est réellement soucié de moi.

SARA

Sébastien s'arrête au pied du seul arbre du parc La Fontaine qui n'a pas été pris d'assaut par des gens en quête d'ombre en cette journée chaude et humide. Après avoir passé la matinée à tenter de nous rafraîchir la nuque avec des ice packs qui sentaient le fond de congélateur et à faire des concours de devinettes en parlant dans la grille de notre ventilateur d'appartement parce que l'air climatisé de Seb avait cru bon de rendre l'âme au cours de la nuit, on s'est enfin décidés à sortir de notre cocon pour fréquenter un peu de verdure.

— Si on s'assoit ici, ça te va ?

— Tant que personne s'est soulagé là, si tu vois ce que je veux dire. Marjorie et moi, on l'a appris à la dure quand on est arrivées à Montréal.

— À première vue, ça semble sec.

Je tasse quelques bouchons de bière abandonnés avant de dérouler ma serviette de plage sur le sol.

— Je vais peut-être aller souper avec Marjorie, demain. Je l'ai appelée tantôt pour lui demander si ça lui tentait.

J'avais déménagé depuis presque un mois maintenant. Nos conversations de cadre de porte avaient migré vers nos boîtes vocales de cellulaire, où les précieuses minutes de nos forfaits respectifs servaient à se lancer des invitations.

— Est-ce qu'il y a du nouveau avec Gab ?

— On s'est pas reparlé depuis qu'on est allées voir les feux d'artifice, mais je sais qu'ils s'écrivent. Il pense venir à Montréal bientôt. Apparemment qu'il y a beaucoup de flirt pis de non-dits. Ça la rend folle.

Je me déplace d'une fesse et puis de deux sur ma serviette.

— Faudrait qu'on s'achète une vraie nappe à pique-nique. Je me ramasse toujours avec le fond de culotte humide.

— Ça pourrait être notre cadeau de couple? T'sé pour nos un an.

Depuis des semaines que Sébastien faisait des blagues sur le sujet. L'idée lui était venue de l'une de ses tantes, qui lui avait raconté lors d'une fête de famille que son mari et elle s'étaient acheté un divan pour souligner leur anniversaire de mariage. Il avait jugé la chose profondément déprimante.

— Si un jour on en est rendus à s'acheter des meubles pis des électroménagers pour célébrer notre amour, Seb, je vais me demander ce qui s'est passé avec nous deux.

— Pourtant, rien ne crie plus le mot "amour" qu'un four. Sauf peut-être un duo laveuse-sécheuse.

Je me penche pour lui donner un coup d'épaule en signe «d'objection» à son affirmation. Le genre de petit geste qui signifie que j'apprécie son humour un peu con et que je ne veux pas qu'il change une miette.

— C'est quand même fou de penser que l'année dernière, à pareille date, on était à un french de tipi près d'être ensemble.

Sébastien hoche la tête.

— Quand je repense au pauvre castor en galette... Il a sans doute vu pas mal plus d'affaires qu'il l'aurait souhaité ce jour-là.

Sa remarque donne naissance à un énorme sourire qui éclaire mon visage et je ne peux m'empêcher de conclure :
— Maudit que je t'aime, toi !
— Moi aussi, je t'aime. Pis pas mal à part de ça.

Il se penche pour me coller un bec sur la bouche, mais je le devance. Puis, on reste là, silencieux, à juste être bien ensemble, parce que tout a été dit de toute façon. C'est un écureuil qui vient briser la magie quelques instants plus tard en nous faisant tomber un long bout de branche dessus. Je profite du changement d'énergie pour fouiller dans le sac qu'on a apporté avec nous.

— Veux-tu ta revue ?
— Oui, s'il vous plaît !

Je lui tends son magazine scientifique qui, ce mois-ci, s'intéresse au mystère des trous noirs. Seb le lit avec autant de passion que je dévore le mien, qui porte sur la saga *Twilight*. On fait ça souvent depuis qu'on habite ensemble, lire côte à côte. De temps en temps, on s'arrête pour partager un passage intéressant. Le genre d'affaire simple qui me remplit de bonheur.

— Pfffffffffff.

Seb baisse sa revue et jette un regard dans ma direction.

— C'était un gros soupir d'exaspération, ça.
— C'est juste... Ils se sont trompés dans le nom de l'auteure du livre. Ils ont écrit StephAnie Meyer, quand c'est StephEnie Meyer.

Je lui montre la faute en question avant de reporter mon attention sur les pages en papier glacé.

— Pis l'article est so-so. Comme si le journaliste était tanné de sa job. Je serais capable d'écrire quelque chose de pas mal plus intéressant.
— Pourquoi tu t'essaies pas ?
— Hein ?

— D'écrire pour des magazines. T'arrêtes pas de répéter que t'aimerais ça.

Je le dévisage de mes yeux écarquillés.

— Quand est-ce que je t'ai parlé de ça ?

— Pas mal toutes les fois que tu en lis un.

— Pour vrai ?

Je ne m'en étais jamais rendu compte. En même temps, je lis religieusement des magazines depuis l'adolescence. À l'époque, j'allais à la tabagie du centre-ville – la seule à tenir des magazines américains – pour lire des articles sans devoir payer. Quand je suis déménagée à Montréal, je me suis mise à les emprunter à la bibliothèque, puis à les acheter dès que mon budget me l'a permis.

Je feuillette le magazine dont je connais la forme par cœur depuis le temps. Plus je me rejoue l'idée dans la tête, plus elle prend de sens. Même que ça en devient évident ! Elle est là ma porte d'entrée en écriture.

— Je vais leur écrire, tantôt. Eux autres pis plein d'autres magazines qui me tentent. Peut-être que ça pourrait fonctionner ?

Seb, en bon chum qu'il est, y va d'un baiser d'encouragement sur le front avant de retourner à sa lecture. Étonnamment sereine, je m'y replonge à mon tour avec l'heureuse sensation d'avoir enfin trouvé ce que je cherchais.

MARJORIE

Je ne sais pas si le crédit en revient au lampion allumé dans l'église de Barcelone avec une poignée de monnaie canadienne déguisée en euros, mais le jour du conventum, mon karma amoureux a viré du bon bord. À mon retour à l'appartement, après l'arrêt au resto doubles boulettes, je me suis empressée d'ajouter Gabriel comme ami Facebook. Sa réponse a été instantanée puisqu'il était en ligne. On s'était mis à chatter et, assez rapidement, on avait pris l'habitude de s'écrire tous les soirs. Puis, une journée passé la mi-juillet, environ deux semaines après notre première conversation, notre lien virtuel a balancé dans le réel quand Gabriel m'a téléphoné pour m'inviter à aller voir le show des BB aux Francofolies. Il serait de passage à Montréal cette journée-là pour une entrevue et il avait envie qu'on se rencontre si ça adonnait. Ma voix dans le combiné avait trahi mon excitation.

Le 25 juillet, je rejoins donc Gabriel aux tourniquets du métro de la station Place-des-Arts. Je ne peux pas dire si sa chemise fraîchement repassée a été pensée pour son entrevue ou notre *date*, mais dans tous les cas, je le trouve vraiment beau. Son sourire se fait un peu gêné quand je m'approche de lui, bien qu'on ait passé les dernières semaines à se raconter nos vies en ligne, alors j'étire le cou pour lui donner des becs sur les joues, ce qui rompt instantanément le malaise.

— Ç'a bien été ton entrevue ?

— Très bien. Pis toi, ta journée de travail ?

— Assez intense, mais le fun! Ça veut-tu dire que tu déménages à Montréal bientôt ?

— C'est pas mal certain, oui. Je reviens pour visiter des apparts la semaine prochaine.

Juste avec cette réplique, ma soirée est faite même si elle vient à peine de commencer. On sort du métro pour se retrouver au cœur de l'action, rue Sainte-Catherine. Comme des milliers d'autres personnes, on tente de se frayer un chemin à travers la foule avant le début du spectacle. On pense avoir déniché un bon spot derrière un couple pas très grand; malheureusement, dès que les lumières bleues et vertes s'allument sur scène et que les premières notes de *Snob* résonnent, deux filles assez hautes sur pattes se plantent juste devant nous, avec pour résultat que ce que j'aperçois, c'est leur dos plutôt que la guitare de Patrick Bourgeois.

— On bouge ?

— Bonne idée.

On tente de passer à droite, quand on est bousculés par un groupe de fêtards ayant déjà plusieurs verres dans le nez. Instinctivement, Gabriel m'attire légèrement vers lui pour me protéger du dérangement. Même si je ne suis pas du genre à m'en laisser imposer ou à craindre un coup de coude mal placé, j'apprécie l'attention, surtout que ses mains posées sur mes épaules confirment ce que je sais déjà : ce gars-là m'attire irrésistiblement.

On finit par s'installer dans un coin plus en retrait pour apprécier la playlist des hits qui ont bercé mon enfance. *Donne-moi ma chance*, *Fais attention*, *T'es dans la lune*, *Parfum du passé, Seul au combat, Tu ne sauras jamais...* Si je fredonne toutes les chansons sans exception, Gabriel est aussi en voix que moi. Entre deux tonnerres d'applaudissements, je le lui fais remarquer.

— Quand est-ce que tu allais m'avouer que tu aimes les BB à ce point-là ?

— C'est mon secret le mieux gardé.

— Je suis impressionnée !

— Josianne avait leurs cassettes quand on était enfants. J'ai passé ma jeunesse à entendre leur musique. Je connais toutes les chansons par cœur malgré moi.

— C'est drôle, ça !

— Pis toi ? T'es une méga fan, à ce que je vois !

— Quand j'étais petite, je rêvais de me marier avec Patrick Bourgeois.

— Faque j'ai pas vraiment de chances, si je comprends bien ?

Sa réponse directe lancée avec humour me déstabilise. Gabriel n'aura eu besoin que de quelques accords de guitare et de deux verres de bière à 10 $ chacun pour se dégêner totalement. Je finis par bredouiller quelques mots.

— Je sais pas si je vais me marier un jour, de toute façon.

Une réplique poche, je me dois de l'avouer, qui semble le surprendre, cependant pas pour les bonnes raisons. Pour éviter d'en finir là, je lui propose de faire un bout de la route à pied, après le dernier rappel. Je souhaite éviter la frénésie du métro, mais surtout étirer le plus possible ce temps passé avec lui. On avance à petits pas parmi les festivaliers qui quittent le site en grand nombre. Notre premier dix minutes de marche, on le passe à esquiver une mer de piétons qui occupent des trottoirs bondés. Quand on finit par dépasser les Foufounes Électriques, la foule devient moins dense et on peut enfin se parler.

— Merci pour l'invitation. J'ai vraiment eu du fun !
— Moi aussi. On remet ça bientôt ?
— Cette offre est ac-cep-tée !

Je suis franchement plus nerveuse que je le croyais pour me mettre à citer *Le banquier* en pleine *date*. Surtout que je ne l'écoute même pas, cette émission-là ! Heureusement, Gabriel n'en fait pas de cas.

— Je suis stationné dans le coin de Berri-UQAM, si jamais tu veux un lift !
— Avec plaisir !

La tension sexuelle est palpable et c'est écrit dans le ciel que la prochaine étape consiste à nous embrasser. Cependant, aucun feu rouge ne veut coopérer et nous offrir ce plaisir, puisqu'ils passent tous au vert à mesure qu'on les approche. On marche sans s'arrêter, ce qui est excellent pour notre forme physique, bien qu'un peu moins pour les rapprochements. Plus vite que je l'aurais espéré, on atteint la voiture de Gabriel. Une fois sur la route, la nervosité revient en force et il manque de griller deux feux rouges. Devant chez moi, il accroche une chaîne de trottoir en voulant se stationner. Il soupire de découragement :

— Moi qui pensais que de me faire presque assommer par un panache d'orignal était la chose la plus humiliante qui pouvait m'arriver… Devant toi, je veux dire.

Sur cet aveu, je décide de mettre fin à notre calvaire. Je me penche vers lui pour l'embrasser. Ses poils de barbe me grafignent la face un brin, alors que ses lèvres se collent aux miennes. C'est un peu tout croche étant donné l'étroitesse de l'endroit, et sûrement bizarre du point de vue du piéton qui passe à côté du char aux vitres baissées, mais de mon point de vue de fille en train de frencher, il n'y a rien de plus parfait comme moment.

SARA

Salut, boîte vocale de Marjorie ! Juste pour te dire que j'organise un party pour la fête de Seb dans deux semaines. Évidemment, Gab est le bienvenu pis Roxane aussi. Il va y avoir de la bouffe pis un dessert que j'ai pas cuisiné. T'es pas obligée, mais tu peux apporter des affaires si tu veux. Le plus important : amène ta belle face. Tu me manques ! Bye, là !

...

Sara Langlois ! Ici Marjorie Morin. Moi aussi, je m'ennuie, t'sé ! Je vais être là avec Gab, tu peux compter sur nous ! JP m'a confirmé qu'il viendrait. C'est cool parce que ça fait mille ans que je l'ai pas vu ! Paraît qu'il va venir accompagné. Il a pas voulu m'en dire plus. Sais-tu c'est qui ? Pendant que j'y pense, j'ai découvert quelque chose hier en faisant le ménage de ma chambre. Je l'apporte à ton party. Tu vas capoter ! Hâte de te voir ! Ciao, mon amie !

...

La sonnette de l'entrée retentit. J'ai à peine le temps de traverser le long corridor qui sépare la cuisine de l'entrée pour aller ouvrir que Marjorie apparaît. Sitôt que je la vois, on tombe dans les bras l'une de l'autre.

— Mon amie ! Merci d'être venue !

— Ben là! J'allais pas manquer ça certain!

Marjorie recule le temps que Gabriel me salue. Seb nous rejoint sur les entrefaites et c'est la suite du party de câlins dans l'entrée.

— Roxane va venir plus tard si sa *date* vire mal.

— Elle est plus avec le gars du volley?

— Non. Depuis un bout c'était compliqué pis là, c'est officiellement fini.

— C'est plate.

— Ouin. Elle va quand même bien.

Marjorie soulève le sac qu'elle a apporté.

— Il restait plus grand-chose au dep pis j'ai manqué de motivation et de temps pour l'épicerie. Faque on a droit à des chips mais pas la sorte que t'aimes, du fromage en grains pis des petits gâteaux au crémage à la vanille.

— C'est parfait!

J'entraîne Marjorie vers la cuisine pendant que les gars passent au salon pour poursuivre leur discussion.

— Pis? Comment ça va avec Gab?

Le visage de Marjorie s'illumine.

— Ce gars est vraiment fait pour moi! Je sais que j'ai souvent cru ça, sauf que là c'est vrai. Sais-tu ce qu'il m'a donné, l'autre jour? Un petit orignal en peluche. T'sé à cause de l'anecdote sur le panache. J'ai trouvé ça vraiment cute!

En temps normal, ce genre de petite attention aurait donné envie à Marjorie de se vomir dans la bouche. Pas cette fois, par contre. Je ne vois qu'une seule explication possible: mon amie est réellement en amour.

— Ce que j'aime le plus chez lui, c'est qu'il joue pas de game. On se dit ce qu'on pense. C'est simple pis ça fait du bien!

— Je suis tellement contente pour toi!

— Merci! Je suis vraiment contente pour moi aussi!

Marjorie dépose ses victuailles sur la table de cuisine avec le reste de la bouffe. Je sors une assiette pour les petits gâteaux.

— Pis toi ? Les mags ? Est-ce que ç'a donné quelque chose ?

À mon tour d'avoir les yeux brillants.

— Il y en a un qui m'est revenu. J'ai trois articles à écrire pour la semaine prochaine, une sorte de test d'écriture. On m'a assuré que c'était une simple formalité parce qu'ils ont aimé les trucs que j'avais soumis.

— C'est donc ben hot, Sa !

— Je sais ! Je voudrais tant que ça se passe, tu peux pas savoir !

Une petite blonde arrive dans la cuisine et fouille dans le frigo pendant qu'on pige allègrement dans le sac de chips.

— S'cuse-moi, Sara. Où sont les verres ?

— L'armoire de droite.

— Celle-là ?

— Oui.

— Merci !

Elle s'empare de deux bières, puis adresse un sourire sincère à Marjorie, qui le lui rend, avant de quitter la cuisine. Je dis à mon amie d'une voix basse :

— Je savais pas que tu la connaissais.

— Pantoute. Je me sentais juste ben amicale. C'est qui ?

Je regarde aux alentours pour être certaine qu'il n'y a pas d'oreilles indiscrètes à proximité.

— C'est la blonde de JP. Christine.

— Pour vrai ? Wow ! Bravo, JP !

— Je lui ai pas encore beaucoup parlé parce qu'ils sont arrivés pas longtemps avant toi, mais elle a l'air smatte. Ils étudient dans le même programme à l'université.

— JP est ici ?

— Ouais.

— Faut que je m'arrange pour le croiser tantôt. Il m'a dit qu'il avait quelque chose pour moi.

L'appartement continue de se remplir. Bien vite, c'est une trentaine de personnes, surtout des amis de travail de Seb et des gens de l'école, qui se retrouvent entre les murs de notre cinq et demie. J'ai perdu Marjorie de vue quand j'ai dû aller accueillir de nouveaux invités, mais voilà que je la retrouve dans le salon en train de faire plus ample connaissance avec Jean-Philippe et sa blonde, Gabriel à ses côtés. JP a l'air radieux avec ses cheveux frais coupés, son t-shirt neuf et l'amour étampé dans le visage. Si, il y a quelques mois à peine, quelqu'un m'avait dit que cette scène se jouerait sous mes yeux, je ne l'aurais jamais cru.

— Il y a un tournoi de Mario Kart qui va commencer dans le salon, pour ceux que ça intéresse !

La proposition de Seb est accueillie chaleureusement et la pièce ne tarde pas à se remplir d'amateurs de jeux vidéo, dont JP, Christine et Gabriel. Marjorie vient me rejoindre dans le cadre de porte, alors que je reste un peu en retrait de l'action.

— Tu participes pas, Sa ?

— Mon amour pour Mario Bros n'a jamais vraiment dépassé le Super Nintendo. Pis toi ? Me semblait que tu aimais ça !

— Ouais, mais là il y a juste trop de monde. Ça me tente moyen.

— C'est quoi le CD ?

Je pointe le boîtier qu'elle tient dans ses mains.

— Une playlist de chansons de ruptures que JP avait promis de me graver il y a une couple de mois, quand je nageais en plein désespoir amoureux. De la musique à écouter pour soigner une peine d'amour. Il l'a trouvé chez lui en défaisant ses boîtes.

— C'est pas un peu weird qu'il te donne ça ?

Marjorie hausse les épaules.

— C'était avant la déclaration d'amour pis je l'avais mis au défi, faut dire. Regarde ce qu'il a écrit dessus.

Je lis : *À Marjorie. En espérant que tu n'aies jamais à l'écouter de ta vie.*

— C'est cute ! Faque c'est officiellement correct entre vous deux ?

— Quand t'es rendu à faire des jokes de peines d'amour, je pense que ça va !

Des cris d'une rare intensité emplissent le salon d'un coup, signe d'une première course disputée, nous scrappant l'ouïe au passage.

— Viens donc dans la chambre deux minutes. Je veux te montrer quelque chose.

Marjorie me suit pendant que les hurlements gagnent en volume de l'autre côté du couloir.

— C'est pas notre mur de photos, mais...

D'un geste de la main, je désigne le cadre accroché sur l'un des murs. J'ai concocté un montage de quelques-unes de nos photos, dont celle prise au parc Güell avec nos faces de malaise et nos chapeaux de salamandres.

— Oh, Sara. C'est donc ben beau !

Marjorie les regarde de plus près.

— Tu me fais penser...

Elle sort de la chambre d'un pas vif pour revenir tout aussi rapidement avec sa sacoche.

— C'est-tu l'affaire dont tu m'as parlé au téléphone ? J'ai trop hâte de savoir c'est quoi !

— C'est pas grand-chose, là !

Marjorie sort une bouteille.

— Du vin ?

— C'est pas pour boire.

Je ne mets pas de temps à comprendre de quoi il s'agit.

— C'est-tu la bouteille de L'Académie ?

— Oui, madame ! On serait dues pour l'ouvrir, me semble. On s'était dit "à la fin de notre bac".

— C'est effectivement pas mal maintenant.

Marjorie enlève le bouchon. Une senteur vinaigrée me monte au nez.

— Ouf, l'odeur.

— On avait pas pensé nettoyer la bouteille avant. Pis si je me rappelle bien, c'était loin d'être une bonne cuvée.

Elle essaie tant bien que mal de faire sortir les papiers. À bout de patience, ce qui n'est jamais très long dans son cas, elle me la tend pour que j'essaie à mon tour, sans plus de succès.

— On a pas le choix, va falloir la casser.

— Je vais aller chercher un marteau.

Je reviens avec l'outil ainsi qu'une grosse serviette pour limiter les dégâts. En deux coups, les papiers tachés de vin rouge sont libérés et on s'en empare gaiement. Marjorie ne tarde pas à émettre un gloussement. Je lui demande, intriguée :

— Qu'est-ce qu'il dit, le tien ?

— J'ai un peu honte.

— Je veux savoir !

— Non. Toi avant !

— Ok.

Je m'éclaircis la gorge avant de m'exécuter.

— "Sara, continue d'avancer comme tu le fais parce que tu as ce qu'il faut pour réaliser de grandes choses. Arrête d'avoir peur pis repousse tes limites."

Marjorie approuve d'un hochement de tête.

— Beau pep talk ! C'est profond.

— Pis toi ?

— C'est vraiment niaiseux, là.

Je l'encourage à deux ou trois reprises avant qu'elle se décide enfin à lire.

— "À la fin de mon bac, j'espère avoir un chum vraiment hot pis une job qui va me rendre célèbre. J'espère revenir manger plein de fois à L'Académie avec mon amie Sara pis être tellement riche que je vais pouvoir prendre tout ce que je veux sur le menu. Genre tous les desserts de la carte.»

Marjorie lève les yeux de son papier.

— Le vin était bon ce soir-là.

— Tu te rapproches quand même de ton objectif. Sauf pour L'Académie.

— Si c'est juste ça !

Après être restées enfermées dans la chambre une bonne demi-heure, on finit par retourner au salon, parce que c'est quand même là que se déroule le party. J'en profite pour discuter avec Christine et JP, qui ont été éliminés dès le premier tour. Marjorie, elle, se pâme en découvrant le côté compétitif de son chum qui tient en haleine Seb, habituellement le maître de la console de jeu. Une douce rivalité est née. Petit à petit, les collègues de travail de Seb et plusieurs de ses amis d'école se mettent à quitter la fête et il ne reste bientôt que moi, JP, Christine, Marjorie, Gabriel – le grand gagnant –, Sébastien et Roxane, nouvellement arrivée après une *date* pas possible et qui s'est mérité le fameux CD de chansons de ruptures et de peines d'amour dès qu'elle a passé la porte. Bref, les habitués des soupers pâtés, fromages et chocolat à la fleur de sel, avec trois nouveaux venus. Un clan qui ne finit pas de s'agrandir.

— Merci d'être venus ce soir, les amis. C'est vraiment cool de tous vous avoir ici.

Assise sur les genoux de Seb, à la fois par amour et par manque de chaises, je nous souhaite que ce soit une nouvelle tradition que de nous réunir le plus souvent possible en cet appartement qui, je l'espère, deviendra le nouveau quartier général de notre gang.

JP et Christine, qui se sont dévorés des yeux toute la soirée, sont les prochains à partir, puis c'est au tour de Roxane, Marjorie et Gabriel. Les gars se font l'accolade pendant que je serre Marjorie dans mes bras un peu trop longtemps, un peu trop fort. Je chéris ces moments-là encore plus, maintenant qu'on se voit moins souvent.

— Écris-moi dès que tu as des nouvelles pour tes textes, ok ?

— Ouais !

— Ah pis tiens, avant que j'oublie.

Elle sort une lettre de sa sacoche. Elle est pliée comme dans le temps et décorée d'autocollants qui scintillent. Dessus, il est écrit, en plus du mot confidentiel en grosses lettres rouges :

À : *Sara Langlois*
De : *Marjorie Morin*

— Toi qui trouvais l'autre jour que ta vie manquait de lettres manuscrites. Une de plus pour ta collection !

Je m'apprête à la déplier quand elle m'arrête :

— Ouvre-la pas tout de suite. Attends que je sois partie, avant. Sinon, je risque de me mettre à pleurer.

La porte d'entrée est à peine refermée que je me dépêche de voir ce qu'elle contient. Elle est écrite de sa main à l'aide de son crayon aux cinq couleurs que je ne pensais plus qu'elle avait (et qui marche encore, étonnamment) puisque la lettre a des allures d'arc-en-ciel.

Chère Sara,

Depuis dix ans que tu es ma meilleure amie. Dix ans à se faire demander si on est gelées ou folles parce que personne ne comprend rien à notre charabia, parce qu'on rit trop ou qu'on raconte des choses qui ont du sens juste pour nous deux. Malgré des périodes plus difficiles que d'autres, on est toujours là, unies par les souvenirs partagés et le pouvoir du non best friends! *(Quoi que tu en penses!) Si ma vie est aussi divertissante, c'est grâce à toi et je sais qu'on a encore plein de beaux moments à vivre ensemble, même si on ne se voit plus aussi souvent. Peu importe ce que l'avenir nous réserve, je nous souhaite de continuer à ne jamais trop nous prendre au sérieux. Je nous aime de même pis je veux que ça continue jusqu'à ce qu'on devienne des petites vieilles qui radotent. Merci d'avoir toujours été là pour moi, même quand je ne savais pas trop ce que je faisais, quand j'étais perdue ou que je n'avais pas trop le moral. T'es la meilleure copilote pour toujours!*

Marjorie Morin, ta complice qui t'aime gros – xxxx –

PS: Chacun sa route, chacun son chemin, chacun son rêve, chacun son destin.

PPS: C'est la toune du film avec Thierry L'ermite. Quelqu'un s'est mis à la chanter nowhere au parc pendant que j'écrivais cette lettre. Pis je sais à quel point tu aimes les signes.

PPPS: Je pense qu'on est faites assez tough depuis le temps. Le collier best friends*, je l'ai déposé sur un cabaret abandonné de la foire alimentaire de la Place Montréal Trust.*

PPPPS: J'ai eu un doute pis je suis allée voir sur Internet. Ça s'écrit Lhermitte. Fuck. Va falloir que tu fasses avec.

Je la relis une seconde fois les yeux dans l'eau avant de la replier. Seb me regarde d'un air préoccupé.

— Tout est correct? Tu as les yeux pleins de larmes.

— Oui oui. Marjorie m'a écrit une lettre.

Je me réfugie dans ses bras un instant. Il me serre fort contre lui.

— Il faut que je l'appelle.

Je vais chercher mon cellulaire que j'avais laissé sur ma table de chevet et je compose son numéro pour tomber sur sa boîte vocale. Je décide de laisser un message parce que ce que j'ai envie de lui communiquer mérite d'être dit sous l'impulsion du moment.

— Je viens de lire ta lettre, Marjorie Morin, pis je voulais te dire que tu as réussi à me faire brailler. Je sais que tu le sais, mais je vais te le redire quand même : t'es l'amie dont j'ai toujours rêvé pis je suis vraiment contente de t'avoir demandé de partager un casier en première secondaire. Ç'a été l'une des meilleures décisions de toute ma vie. Merci pour ta folie, ton intensité pis tes histoires jamais banales. Moi aussi, j'espère qu'on va continuer à pas se prendre au sérieux. La vie deviendrait trop plate, sinon. Je sais pas combien de temps il me reste, pis j'ai un peu la chienne de me faire couper, faque je finis ça simple. Je t'aime gros moi aussi. On se voit bientôt, ok ?

REMERCIEMENTS

Thierry, pour ton soutien, ton écoute et ta bonté d'âme. Merci d'être là depuis le début.

Edith, pour les conversations Messenger et le support moral outre-mer.

Laurence, pour ta première lecture sans jugement et tes playlists de feu.

Les Hots Anonymes, pour les souvenirs remplis de nostalgie.

Geneviève, pour les lettres pliées et les anecdotes du secondaire. Notre amitié qui dure depuis vingt-cinq ans est ma plus belle inspiration pour donner vie à l'histoire de Sara et Marjorie.

Manon et Paul, pour votre chez-vous. Il s'en est écrit des mots sur votre belle terrasse!

L'arrondissement du Plateau-Mont-Royal, pour la résidence d'écriture au parc La Fontaine dans mon petit local bien à moi.

Aux gens qui ont pris la peine de s'informer: «Pis? Comment ça se passe l'écriture de ton roman?» et aux personnes qui m'ont demandé quand est-ce qu'elle arrivait, cette suite. Merci pour votre intérêt qui fait du bien!

L'équipe des Éditions Hurtubise. C'est une aventure d'écrire un roman, mais avec vous, je me sens bien accompagnée. Catherine, pour les premiers commentaires éclairants.

Jacinthe, pour ton humour, ton flair, ton intelligence et ta justesse.

Aux lectrices et aux lecteurs, nouveaux comme plus anciens. C'est grâce à votre amour et à votre intérêt pour Sara, Marjorie, Sébastien et Jean-Philippe depuis *Nowhere* jusqu'à *Fausses routes* que ce dernier volet a pu voir le jour. Je vous en serai éternellement reconnaissante!